縱橫職場必備的
基礎知識！

超圖解
世界名著101

監修
福田和也
Kazuya Fukuda

前言

這個時代的職場工作者每一天都過得非常忙碌。

在公司裡，你需要高效運轉。除了要第一時間掌握最新的資訊，還要以最快速度做出反應，並且在短時間內交出成果。

就算回到家裡，你還是無法脫離工作。必須不時在網路上搜尋瀏覽資訊、回覆信件……，離開公司後，還是得維持工作狀態。

那麼，休假的時候就可以完全放鬆了嗎？不，就算是假日，你還是得留意LINE訊息、下載好康APP、透過網路購物下單。享用美食前，也要馬上幫餐點拍照，再分享到社群媒體上。

我想，應該有不少人是除了睡覺以外的時間，幾乎都盯著手機或電腦螢幕吧？

在這種狀況下，如果你認為自己根本沒空讀書，其實再正常不過了。畢竟對你來說，那些古希臘敘事詩、中國古典思想或是莎士比亞戲劇根本是一點用也沒有的東西。

但是，學習古典名著其實別具意義。

這些名著可以幫助你跳脫現狀，從另一個角度思考事情。

你可能會認為自己具有客觀思考的能力，但事實上，在很多時候，我們都是一股腦接收當代思潮，毫無反思。

新聞報導尤其如此。因此，每個人都沉浸在整體社會氛圍裡，被刻板印象深深影響著。

古典名著卻不一樣。這些書本訴說著人類、社會，以及恆久不變的真理，從古時傳頌至今。

這也是為什麼當我們在討論民主議題時，仍然會引用柏拉圖或亞里斯多德的原因。

經由閱讀這些經典作品，我們可以培養自己觀察事物的獨到眼光，試著跳脫當下，從更宏觀的角度思考。

這種思考方式對自己有什麼幫助呢？

首先你會理解，這個世界並不能全然以合理性作為評斷標準。

最重要的是，CP值不能代表一切。一旦明白了這一點，你便能從中孕育出專屬於自己的價值觀，而這將對你的工作表現有所助益。

古典名著就是擁有這種足以召喚價值觀的力量。

本書將是你進入古典世界的大門。如果你對書中提到的某些作品產生興趣，歡迎把那本書找出來，好好地認識它。

福田和也

Contents

前言 ………………………………… 2

Chapter01 世界古典文學

01 伊利亞德
荷馬 ………………………… 10

02 伊底帕斯王
索福克勒斯 ………………………… 12

03 一千零一夜
………………………… 13

04 尼伯龍根之歌
………………………… 14

05 神曲
但丁・阿利吉耶里 ………………… 16

06 十日談
喬凡尼・薄伽丘 ………………… 18

07 坎特伯里故事集
傑弗里・喬叟 ………………… 19

08 羅密歐與茱麗葉
威廉・莎士比亞 ………………… 20

09 威尼斯商人
威廉・莎士比亞 ………………… 21

10 哈姆雷特
威廉・莎士比亞 ………………… 22

11 奧賽羅
威廉・莎士比亞 ………………… 23

12 李爾王
威廉・莎士比亞 ………………… 24

13 馬克白
威廉・莎士比亞 ………………… 25

14 唐・吉訶德
米格爾・德・塞凡提斯 ……… 26

15 格列佛遊記
強納森・史威夫特 ……………… 28

16 水滸傳
施耐庵、羅貫中 ………………… 30

17 三國演義
羅貫中 ………………………… 31

18 西遊記
吳承恩 ………………………… 32

19 紅樓夢
曹雪芹 ………………………… 33

column01 ………………………
必備基礎知識
世界傳說故事 ………………… 34

column02 ………………………
必備基礎知識
歐洲近代名著 ………………… 36

Chapter02

近現代世界文學

01 浮士德
約翰・沃夫岡・馮・歌德 …… 38

02 傲慢與偏見
珍・奧斯汀 …… 40

03 紅與黑
斯湯達爾 …… 42

04 厄舍府的沒落
埃德加・愛倫・坡 …… 44

05 欽差大臣
尼古拉・果戈里 …… 45

06 小氣財神
查爾斯・狄更斯 …… 46

07 基督山恩仇記
亞歷山大・仲馬 …… 48

08 咆哮山莊
艾蜜莉・勃朗特 …… 50

09 紅字
納撒尼爾・霍桑 …… 52

10 白鯨記
赫爾曼・梅爾維爾 …… 53

11 悲慘世界
維克多・雨果 …… 54

12 戰爭與和平
列夫・托爾斯泰 …… 56

13 卡拉馬助夫兄弟們
費奧多爾・杜斯妥也夫斯基 …… 58

14 變形記
法蘭茲・卡夫卡 …… 60

15 阿Q正傳
魯迅 …… 62

16 尤利西斯
詹姆斯・喬伊斯 …… 63

17 魔山
湯瑪斯・曼 …… 64

18 大亨小傳
史考特・費茲傑羅 …… 66

19 追憶似水年華
馬賽爾・普魯斯特 …… 68

20 聲音與憤怒
威廉・福克納 …… 70

21 憤怒的葡萄
約翰・史坦貝克 …… 72

22 異鄉人
阿爾貝・卡繆 …… 74

23 小王子
安托萬・德・聖修伯里 …… 75

24 戰地春夢
厄尼思特・海明威 …… 76

25 齊瓦哥醫生
鮑里斯・巴斯特納克 …… 78

26 百年孤寂
加布列・賈西亞・馬奎斯 ····· 80

column03 ·····································
必備基礎知識
歐洲近現代名著 ···························· 82

column04 ·····································
必備基礎知識
南北美近現代名著 ·························· 84

column05 ·····································
還有這些古典作品！
經典科幻小說 ······························ 86

Chapter03
日本文學

01 古事記
稗田阿禮、太安萬侶 ·········· 88

02 源氏物語
紫式部 ······························ 90

03 平家物語
信濃前司行長（？）············ 92

04 太平記
小島法師（？）················ 94

05 浮雲
二葉亭四迷 ························ 96

06 高瀨舟
森鷗外 ······························ 98

07 從此以後
夏目漱石 ·························· 100

08 心
夏目漱石 ·························· 102

09 青梅竹馬
樋口一葉 ·························· 104

10 鼻子
芥川龍之介 ························ 105

11 檸檬
梶井基次郎 ························ 106

12 春琴抄
谷崎潤一郎 ························ 107

13 黎明前夕
島崎藤村 ·························· 108

14 暗夜行路
志賀直哉 ·························· 110

15 雪國
川端康成 ·························· 112

16 山月記
中島敦 ······························ 113

17 盛開的櫻花林下
坂口安吾 ·························· 114

18 人間失格
太宰治 ······························ 115

19 金閣寺
三島由紀夫 ························ 116

20 黑雨
井伏鱒二 ·························· 118

21 野火
大岡昇平 ·························· 119

column06 ……………………
必備基礎知識
和歌集 …………………… 120

column07 ……………………
必備基礎知識
日本三大隨筆作品 …………………… 121

column08 ……………………
必備基礎知識
日本日記文學 …………………… 122

column09 ……………………
必備基礎知識
日本近現代名著 …………………… 123

Chapter04
政治經濟・商業名著

01 孫子兵法
孫武 …………………… 126

02 貞觀政要
吳兢 …………………… 128

03 君王論
尼可洛・馬基維利 …………………… 129

04 烏托邦
托馬斯・摩爾 …………………… 130

05 社會契約論
尚・雅克・盧梭 …………………… 132

06 國富論
亞當・史密斯 …………………… 134

07 資本論
卡爾・馬克思 …………………… 136

08 有閒階級論
托斯丹・范伯倫 …………………… 138

09 就業、利息與貨幣的一般理論
約翰・梅納德・凱因斯
…………………… 139

10 通向奴役之路
弗里德里希・海耶克 …………………… 140

11 管理實踐
彼得・杜拉克 …………………… 141

12 行銷管理
菲利普・科特勒 …………………… 142

13 競爭策略
麥可・波特 …………………… 144

14 失敗的本質：日本軍的組織論研究
戶部良一、寺本義也、
鎌田伸一、杉之尾孝生、
村井友秀、野中郁次郎 …………………… 146

15 與成功有約
史蒂芬・R・柯維 …………………… 148

16 基業長青
詹姆斯・C・柯林斯、
傑里・薄樂斯 …………………… 150

17 富爸爸・窮爸爸
羅伯特・清崎 …………………… 152

18 誰搬走了我的乳酪？
史賓賽・強森 …… 154

19 快思慢想
丹尼爾・康納曼 …… 155

20 二十一世紀資本論
托瑪・皮凱提 …… 156

column10 ……
必備基礎知識
經典科學名著 …… 158

Chapter05
歷史・哲學名著

01 蘇格拉底的申辯
柏拉圖 …… 160

02 形上學
亞里斯多德 …… 161

03 高盧戰記
尤利烏斯・凱撒 …… 162

04 史記
司馬遷 …… 164

05 元朝祕史
…… 165

06 方法論
笛卡兒 …… 166

07 羅馬帝國衰亡史
愛德華・吉朋 …… 168

08 純粹理性批判
伊曼努爾・康德 …… 170

09 精神現象學
弗里德里希・黑格爾 …… 172

10 致死之病
索倫・齊克果 …… 174

11 查拉圖斯特拉如是說
弗里德里希・尼采 …… 176

12 論幸福
阿蘭 …… 178

13 存在與時間
馬丁・海德格 …… 179

14 哲學研究
路德維希・維根斯坦
…… 180

15 聲音與現象
雅克・德希達 …… 181

column11 ……
聖經・古蘭經的世界 …… 182

卷末特集

現代知識人必備的西洋美術史 …… 183

column12 ……
必備基礎知識
日本藝術相關著作 …… 188

名詞索引 …… 189

世界
古典文學

世界古典文學是成人必備的基礎知識，
在當今全球化的環境中尤是如此。
如果想要擁有一段愉悅知性的交流時光，
古典文學絕對是你必須涉獵的領域。

伊利亞德

荷馬

希臘最古老的敘事詩，結構壯觀、長達24卷。
描繪傳說中的特洛伊戰爭末期時所發生的故事。

《伊利亞德》被譽為歐洲最古老的文學作品，這部英雄敘事詩是由「吟唱詩」這個傳統文類所孕育而成，據傳作者荷馬正是吟遊詩人。《伊利亞德》書名意指「伊利昂（特洛伊的別名）之歌」，荷馬戲劇性地描繪出在特洛伊與希臘軍隊長達10年的戰爭中，第9年的50天內所發生的情事。本書為希臘史上最龐大，也是最古老的古典名著。

阿基里斯的憤怒與復仇

在特洛伊戰爭進入尾聲時，希臘總將領阿伽門農與第一勇士阿基里斯因為阿波羅的女祭司起爭執，阿基里斯憤而拒絕出戰。因為這個緣故，希臘大軍陷入苦戰，阿基里斯的好友派羅克魯斯也被特洛伊王子霍克德殺死。後悔不已的阿基里斯於是回歸戰場，殺死霍克德，為好友報仇。

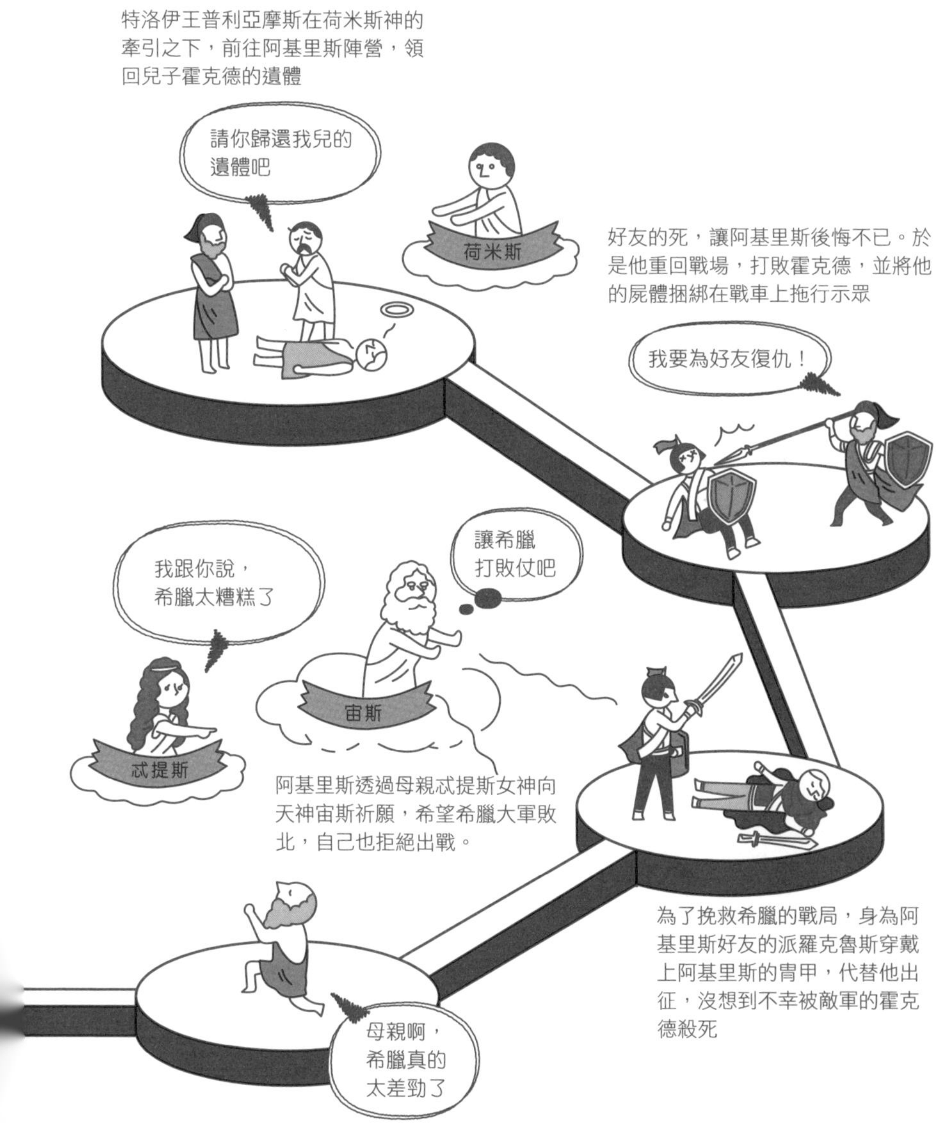

特洛伊王普利亞摩斯在荷米斯神的牽引之下，前往阿基里斯陣營，領回兒子霍克德的遺體

請你歸還我兒的遺體吧

荷米斯

好友的死，讓阿基里斯後悔不已。於是他重回戰場，打敗霍克德，並將他的屍體捆綁在戰車上拖行示眾

我要為好友復仇！

我跟你說，希臘太糟糕了

讓希臘打敗仗吧

宙斯

忒提斯

阿基里斯透過母親忒提斯女神向天神宙斯祈願，希望希臘大軍敗北，自己也拒絕出戰。

為了挽救希臘的戰局，身為阿基里斯好友的派羅克魯斯穿戴上阿基里斯的冑甲，代替他出征，沒想到不幸被敵軍的霍克德殺死

母親啊，希臘真的太差勁了

伊底帕斯王

索福克勒斯

描寫「弒父戀母」的希臘悲劇代表作，也是「伊底帕斯情結」一詞的源頭。

《伊底帕斯王》是三大悲劇詩人之一、索福克勒斯的代表作品，獲得哲學家亞里斯多德盛讚，從古至今都被尊為編劇範本。底比斯國王伊底帕斯遭受詛咒，在阿波羅神的神諭中，他將會殺死父親並與母親交媾。當伊底帕斯知道自己正如預言犯下大錯後，他戳瞎雙眼成為乞丐，遠離城鎮。充滿懸疑的情節展開是精彩所在。

希臘悲劇最傑出之作

底比斯城的長老向伊底帕斯王求助，希望他能拯救受到災禍疾病所苦的城鎮

向阿波羅神請示疾病的原因後，神諭指出，如果不找到殺害先王拉伊俄斯的兇手，災害不會停止

聽到唯一目擊者牧羊人的說詞，伊底帕斯這時才恍然大悟：原來，自己就是殺害先王的犯人

知道真相之後，妻子（母親）伊俄卡斯忒上吊自殺。伊底帕斯發現自己真如當初的神諭，殺掉父親並與母親交媾，於是刺瞎雙眼離開城鎮

三大悲劇詩人

埃斯庫羅斯、索福克勒斯和歐里庇得斯被稱為古希臘三大悲劇詩人。埃斯庫羅斯的代表作品為《阿伽門農》，歐里庇得斯的代表作品為《美狄亞》

一千零一夜

作者不詳

集結了250個來自阿拉伯、波斯、印度等地的民間故事，以大臣之女雪赫拉莎德作為說書人的形式而成。

《一千零一夜》又叫做《阿拉伯之夜》或《天方夜譚》，是一本阿拉伯語故事集。8世紀時，將中世紀波斯語寫成的《千個故事》翻譯為阿拉伯語，成為此書的雛形。到了16世紀左右，本作品才在埃及集大成。國王每天挑選一名年輕女子共度一夜，但隔天就會將女子殺死。大臣之女雪赫拉沙德成為妃子後，為了吸引國王的興致，每個晚上都為他講述一個故事。

《一千零一夜》的知名故事

山魯亞爾王因為妻子不貞而仇視女性，因此，雪赫拉沙德每個夜晚都為國王準備了不可思議的傳奇故事。以下是書中最有名的三則故事。

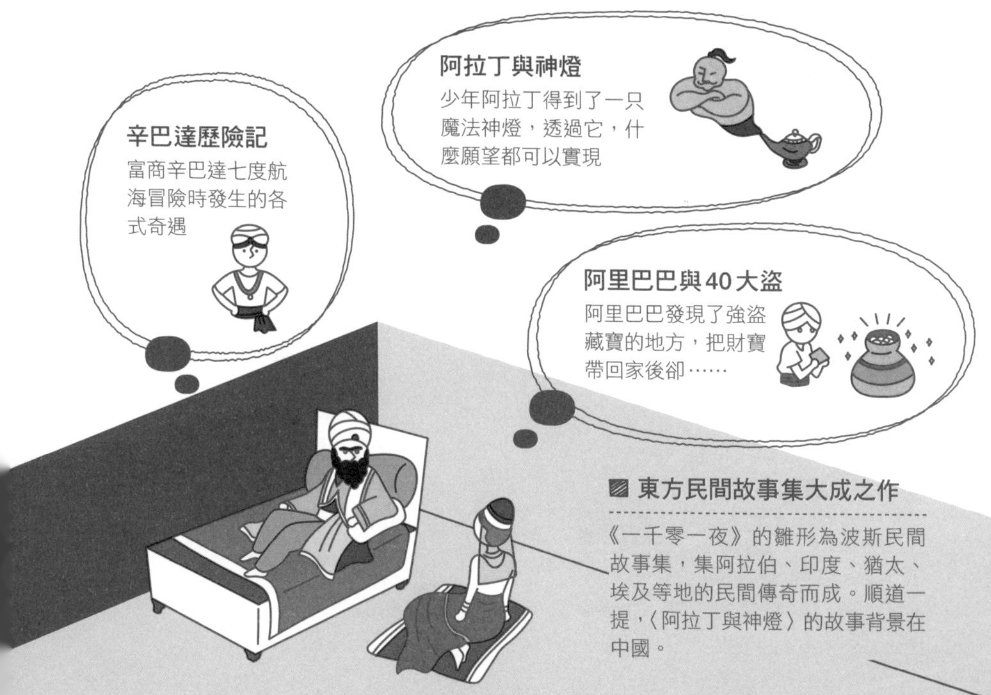

東方民間故事集大成之作

《一千零一夜》的雛形為波斯民間故事集，集阿拉伯、印度、猶太、埃及等地的民間傳奇而成。順道一提，〈阿拉丁與神燈〉的故事背景在中國。

04 尼伯龍根之歌

作者不詳

德國著名敘事詩，描寫英雄齊格菲的意外死亡與其妻龐大的復仇計畫。

《尼伯龍根之歌》是德國中世紀英雄敘事詩代表作，基於古代日耳曼英雄傳奇而寫成。雖然作者不詳，但推斷應為13世紀初期，出身多瑙河流域出身的騎士詩人。後世出現許多改編作品，例如C．黑貝爾的戲劇三部曲《尼布龍根族》等，其中，華格納的歌劇《尼伯龍根的指環》最為出名。這是一部由古代英雄傳說與歐洲中世紀流行的騎士故事結合而成，結構壯觀的英雄復仇作品。

不死英雄的起與落，以及妻子的復仇

因沐浴龍血而幾乎成為金剛不壞之軀的英雄齊格菲，在立下無數戰功之後，與勃艮地國王龔特爾之妹克里姆希爾特成婚。不過，齊格菲卻被龔特爾和親信哈根欺瞞，不幸身亡。為了替死去的丈夫報仇，克里姆希爾特答應嫁給匈族國王埃策爾，並且設局滅掉勃艮地一族，但最後自己也在殺戮之中喪生。

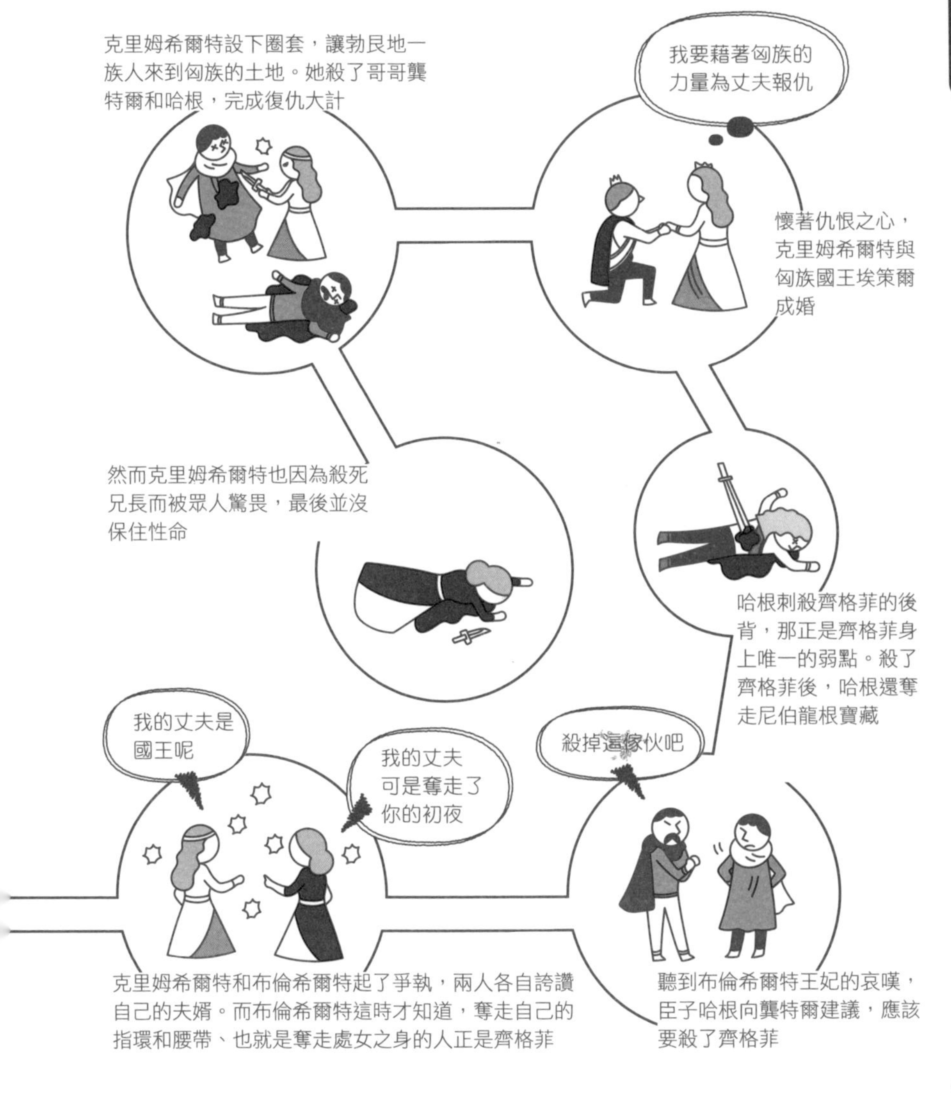

背景 無　初版時間 1308～1320年

05 神曲

但丁・阿利吉耶里

文藝復興時期的代表人物詩人但丁，以龐大架構描繪中世紀基督教世界觀的長篇敘事詩。

《神曲》是中世紀義大利詩人但丁所寫，由三部、100首詩歌構成的龐大敘事詩。當中包含文學、哲學、神學，還融入了天文學、數學等當代最先進的科學知識。這部作品是中世紀基督教世界觀的集大成之作，對後代歐洲文化也帶來全面性的影響。擁有政治家身分的但丁在政治鬥爭中失勢，因此被敵對者從故土佛羅倫斯放逐。在漫長的流浪生活中，但丁持續書寫著這部作品，直到死去。

遍遊三世界的但丁

但丁書寫本作品時，並未使用當時的主流書寫語言拉丁語，而是使用通俗的托斯卡納語。《神曲》也因此被視為近代文學的先驅。

天堂包含太陽等星球構成的行星天，及外層更遼闊寬廣的恆星天，最外面那一層則是至高天

為什麼我能升天呢？

因為你的靈魂已經淨化了

煉獄是座台階型的山，由七個區域構成。靈魂前往天堂之前，先要在此淨化

但丁在地獄之門的入口遇見詩人維吉爾，在維吉爾的引領下，他踏入了由九層構成的地獄。

在地獄的第一圈，住著基督教誕生前出生的異教徒哲人

走出地獄的但丁和維吉爾通過地球的中心，在那裡，悔悟的靈魂為了贖罪而登上煉獄之山

在煉獄之上等待的貝緹麗彩帶領但丁遊歷十重天，他們在最上層的至高天裡，看見三位一體的上帝

維吉爾

古羅馬詩人，羅馬文學黃金時代的代表

在復活節前的聖週五，但丁在幽暗的森林裡迷失了方向。詩人維吉爾引領他到「地獄」看了異教徒和犯罪者受苦的場景，接著到了「煉獄」看到人們為了洗淨罪愆而苦行的模樣。最後，但丁最愛的女子貝緹麗彩帶著他前往「天堂」，在那裡看見三位一體的上帝。本作以基督教世界觀為主軸，在古希臘羅馬的文學奠基之上，描繪出靈魂受到信仰救贖的樣貌。

《神曲》所描繪的地獄、煉獄、天堂構造

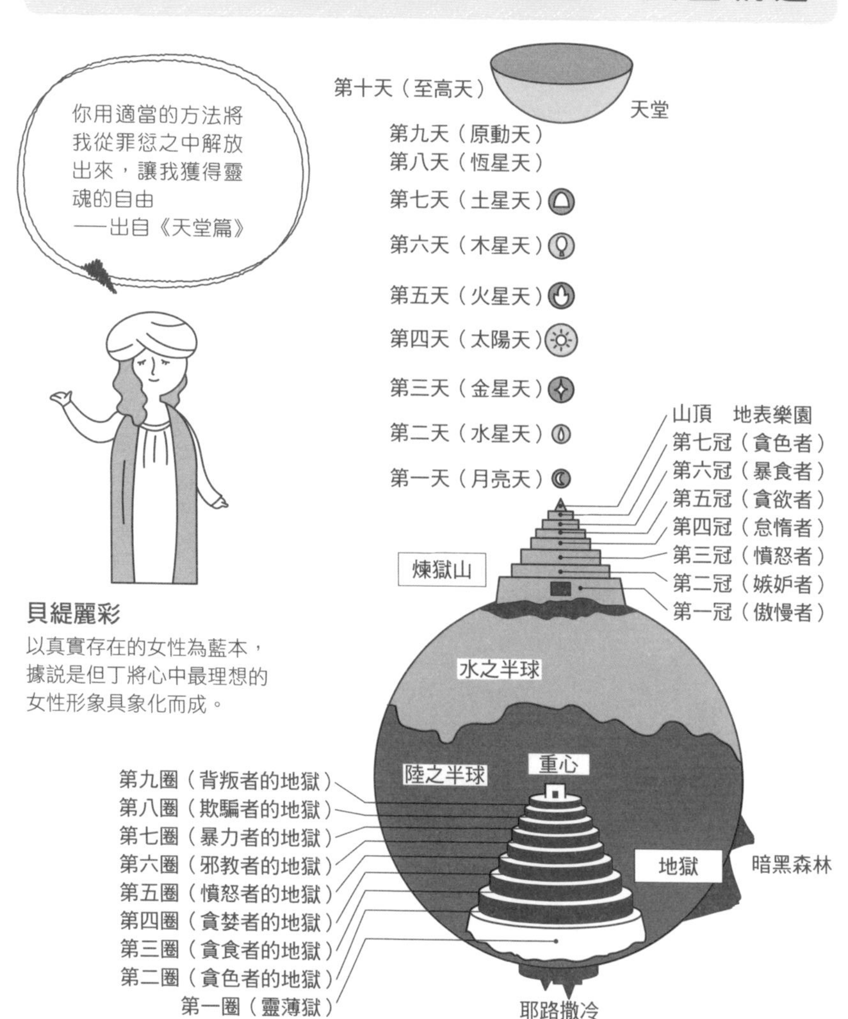

十日談

喬凡尼・薄伽丘

以黑死病蔓延的時代為背景，生靈活現地描繪了義大利社會百態的人間喜劇。

《十日談》是中世紀義大利作家薄伽丘的代表作品，書名直譯則是「十天內的故事」。由於生靈活現地描寫了平民百姓、窮苦人家、神職人員和王公貴族等各個階層的故事，因此，相對於但丁的《神曲》,《十日談》又被稱為《人曲》。這是從黑死病蔓延的佛羅倫斯逃到郊外山莊躲避的3位男士和7位貴婦，在十天之內，每人輪流說出的10個故事（總共100則）。

《十日談》的時代背景與場景

十天內的故事主題

第一天 不設主題，每個人自由發揮
第二天 經歷各種苦難折磨，最後迎來成功和幸福的故事
第三天 心想事成，或是順利取回失去之物的故事
第四天 結局不幸的愛情故事
第五天 歷盡艱辛，有情人終成眷屬的故事
第六天 急中生智，從險境逃脫的故事
第七天 妻子對丈夫使用詭計的故事
第八天 女人捉弄男人，或是男人捉弄女人的故事
第九天 不設主題，每個人自由發揮
第十天 品格高尚者作出慷慨作為的故事

故事起始於1348年，佛羅倫斯遭受黑死病肆虐。據說當時佛倫羅斯被黑死病奪去性命的人口，超過總人口的八成

沒錯沒錯，
神職者都超色情的

那麼接下來，
我來說一個
精力旺盛的
修道士的故
事……

10名男女為了躲避黑死病，逃到佛羅倫斯郊外的山莊。在十天之內，每個人輪番說出了充滿機智幽默和香豔愛慾的故事

07 坎特伯里故事集

傑弗里・喬叟

在朝聖途中相遇、來自不同階層的人們輪番講述的24個故事。中世紀英國的「人間喜劇」。

《坎特伯里故事集》是「英國詩之父」喬叟未完成的作品，由24則故事組成。本作品網羅了包含宮廷羅曼史、笑話、民間故事、道德故事等各類型的中世紀文學型式，被稱為中世紀最傑出的文學作品之一。在前往坎特伯里大教堂朝聖的途中，騎士、僧侶、商人、學生、律師、工匠等各色階級的人們在倫敦郊外的旅店相遇了，他們輪番訴說著人生百態。除了欣賞故事，作為了解中世紀英國文化風俗的歷史資料也很有參考價值。

14世紀英國人民的生活百態

29名朝聖者在倫敦南部南華克的旅店內歇腳，為了排解旅程中的無聊，輪流說故事給大家聽

作者本人也出場了

除了29名朝聖者和作為評判者的南華克旅店老闆，作者喬叟也出現在作品裡，成為說故事者之一。

羅密歐與茱麗葉

威廉·莎士比亞

以義大利為故事背景，陽台告別場景最為知名的悲劇。以本作為藍本改編而成的電影和音樂作品也非常多。

作者莎士比亞被尊崇為英國文藝復興文學之冠，但是他的生平卻充滿謎團，甚至有一說認為他根本就是虛構人物。《羅密歐與茱麗葉》是描寫一對出生在敵對家族的戀人──羅密歐和茱麗葉的悲劇愛情故事，兩人在陽台告別的場景特別有名。最後卻因為種種誤會，造成兩位主人翁相繼自殺。雖然是令人傷嘆的結尾，但是描繪出青春愛戀的浪漫情節非常引人。

出生敵對家族男女的愛情悲劇

09 威尼斯商人

威廉・莎士比亞

以義大利威尼斯為背景的鬧劇，描寫有情有義的商人與貪心的高利貸者之間發生的「人肉判決」。

《威尼斯商人》原本是描繪高利貸商、典型猶太人夏洛克的滑稽喜劇，但近代以來，也被解讀成是描寫夏洛克因飽受歧視而煩憂的悲劇。故事以義大利的「人肉判決」為題材，另一方面也反映了當時倫敦市民對於金融業者和猶太人的敵視情緒。這是第一部在日本翻譯演出的莎士比亞戲劇。

用胸口的一磅肉來抵押借款

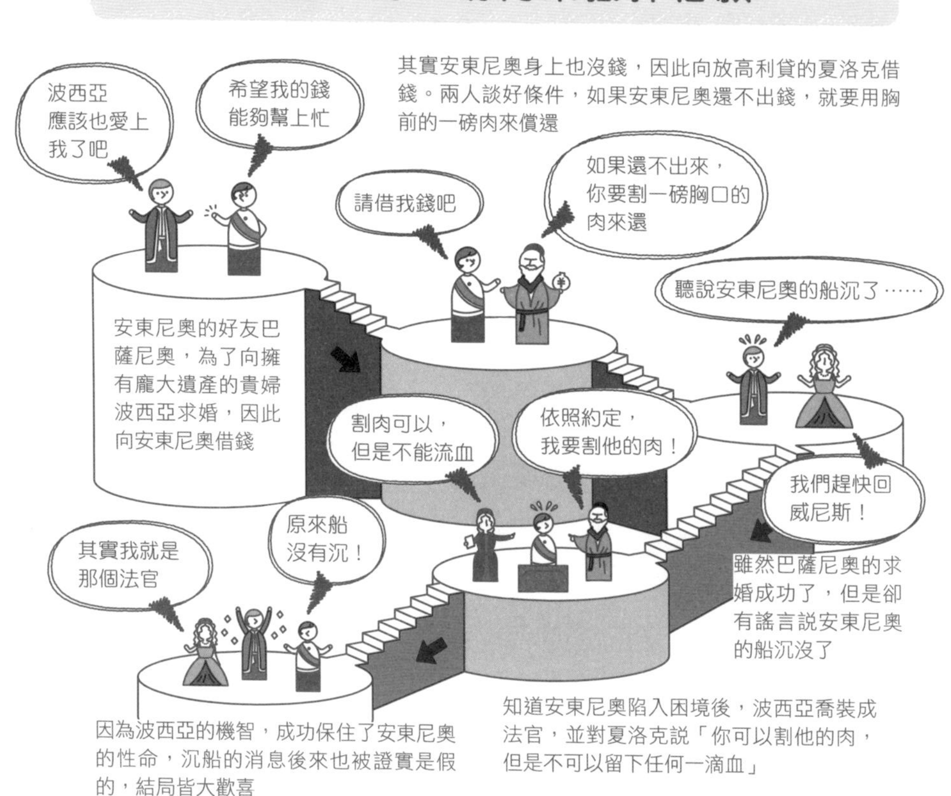

哈姆雷特

威廉・莎士比亞

以丹麥為故事背景的復仇劇，描寫父王被毒害的王子哈姆雷特對人生的思索和糾結。

莎士比亞四大悲劇之一，講述了王子哈姆雷特如何賭上性命，對殺父仇人叔父完成復仇大計的故事。劇中的每個角色都很符合悲劇設定，隨著情節進展，一個接著一個意外死去，陰謀和心計戲碼也持續上演。本劇自公開發表以來已超過四世紀，至今在全球還是不斷公演。「生存還是毀滅，這是個問題（To be, or not to be: that is the Question.）」是劇中知名的經典台詞。

被父親的亡靈請託、為父復仇的哈姆雷特

11 奧賽羅

威廉・莎士比亞

威尼斯公國的黑人將軍奧賽羅，因親信的詭計加深對妻子的懷疑和妒忌。

莎士比亞四大悲劇之一。受僱於威尼斯公國的摩爾人將軍奧賽羅因為聽信旗官伊阿古的詭計，懷疑妻子對自己不忠，因此殺害了她。最後，自己也不幸失去性命。奧賽羅明明好不容易跨越了種族的障礙，將美麗的妻子娶回家，最後卻因為妒忌而導致瘋狂毀滅的終局。本作品深刻地描寫了奧塞羅剪不斷理還亂的複雜情緒。劇中，奧賽羅送給妻子的小手帕是引導劇情走向的關鍵道具。

謊言和嫉妒導致的悲劇

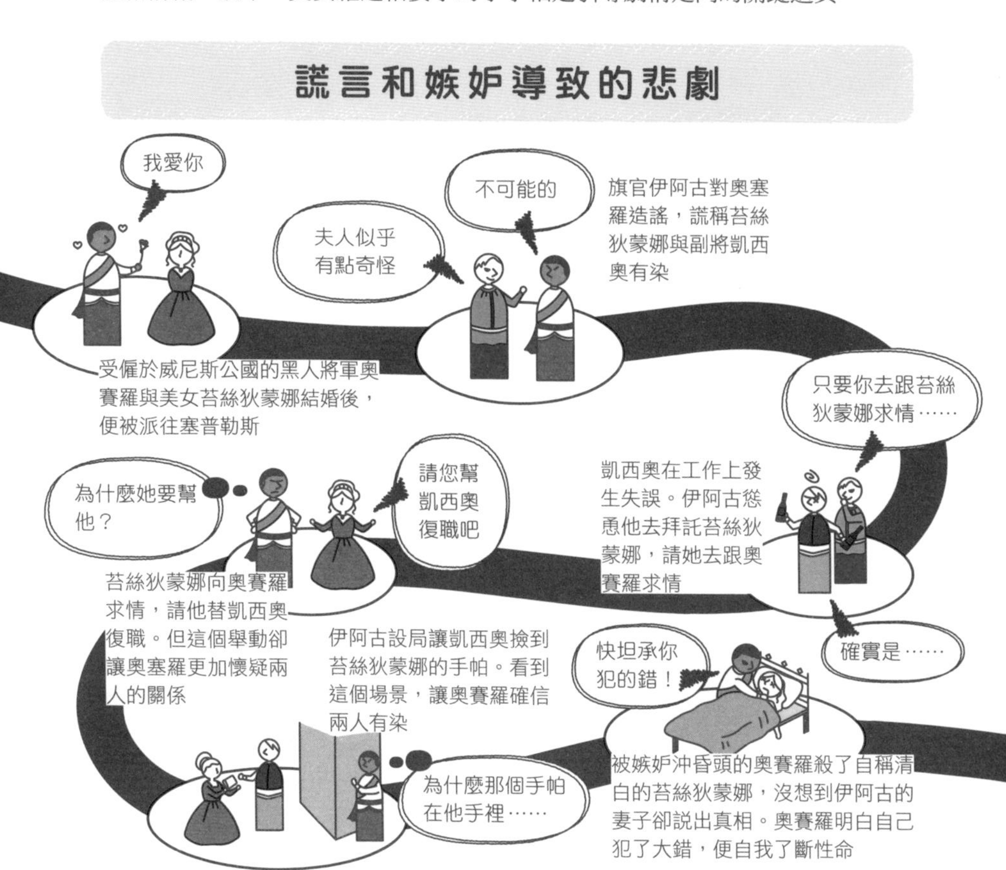

李爾王

威廉・莎士比亞

四大悲劇中結構最為龐大的一部作品，也被稱為是戲劇史上最傑出的悲劇之一。

莎士比亞四大悲劇之一，被稱為是世界戲劇史中最傑出的作品。年老的李爾王將領土分給長女和次女後，卻被她們逐出國境。流浪之中，李爾王遇到了自己過去冷落的小女兒，兩人雖攜手對抗長女和次女，最後卻失敗了，李爾王也發狂死去。作品中，跟隨李爾王的弄臣在途中裝瘋賣傻，更加凸顯了李爾王的悲哀情境。黑澤明導演的電影《亂》，則是將本作的場景置換為日本戰國時代。

曾為王者卻被絕望和狂亂所擊敗

決定退位的李爾王向三個女兒發問，想知道誰才是最愛自己的人。由於小女兒的回答不能投其所好，因此他決定將領土劃分給長女和次女

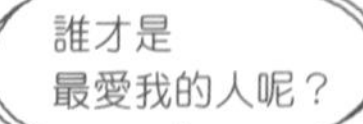

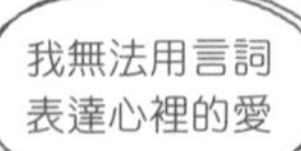

沒想到，過去說著動人言詞的兩個女兒，卻虐待父親並將他逐出國境。李爾王在狂風暴雨之中遊蕩，因憤怒與絕望而發狂

成為法國王妃的小女兒知道父親的慘況後，率領法軍登陸英國，準備攻城

法軍在戰爭中慘敗，小女兒失去性命。聽到消息的李爾王也在絕望之中斷氣

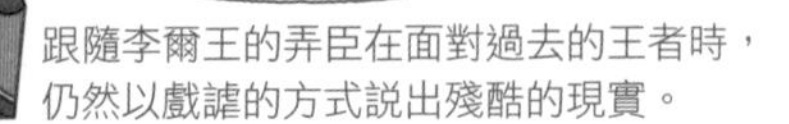

跟隨李爾王的弄臣在面對過去的王者時，仍然以戲謔的方式說出殘酷的現實。

馬克白

威廉・莎士比亞

鮮明地描繪出被女巫預言所迷惑的馬克白，一路以來心理狀態的變化。被譽為四大悲劇中篇幅最短卻最震撼人心的作品。

四大悲劇中篇幅最短的劇作。正因如此，《馬克白》的悲劇元素、殘酷情節和對於內心世界的深刻描寫特別緻密震撼。三個女巫輪番說著不吉利的預言，例如「你不會輸給從女人大腿中間出生的人」、「只要勃南森林不會移動過來就不會被打敗」，讓整部作品更增添陰暗詭異的氛圍。11世紀時，確實有一位蘇格蘭國王名為馬克白，但這位馬克白和本劇中的主角不同，是位優秀的領導人。

曾被預言為王的男子卻發生悲劇

這是未來
會成為國王的人

三個女巫告訴馬克白，他將會成為國王。同時也對其友人班柯說，你的子孫將會成為國王

事情沒有
那麼容易啦

你殺了
鄧肯吧

聽到預言的馬克白夫人，知道鄧肯王即將來訪的消息後，慫恿馬克白殺掉鄧肯

鄧肯王來訪的那個夜晚，馬克白在短劍引領之下殺了國王，並且把罪名推給護衛的士兵

小心
麥克德夫

從女人大腿之間
生出來的……

勃南森林……

馬克白殺了班柯後，再次拜訪三個女巫。女巫對他說出預言：「你不會輸給從女人大腿中間出生的人」、「只要勃南森林不會移動過來就不會被打敗」

勃南森林
動了……

ザザザ

鄧肯王的兒子馬爾康砍下樹枝掩護軍隊。馬克白卻誤判了情勢，以為是勃南森林在動

我不會輸給
從女人雙腿
誕生的人！

我是母親剖腹
產出的

麥克德夫和馬爾康一起逼近馬克白。麥克德夫告訴馬克白，自己出生時未足月，因此是剖開母親的肚子取出的。說完便殺了馬克白

唐・吉軻德

米格爾・德・塞凡提斯

深信自己是騎士的中年大叔所引發出的一連串騷動。被譽為近代小說的先驅傑作。

《唐・吉軻德》是以中世紀歐洲所流行的騎士文學作為藍本的諷刺小說，被譽為近代小說的先驅之作。本作品的正式書名是《來自曼查的機智騎士唐・吉軻德》，共分為上篇和下篇。下篇的故事背景預設為上篇已經出版並廣為人知，在下篇裡，甚至還出現了「上篇故事的讀者」這樣的角色。就算是現代讀者，也能在作品中充分體會到幽默與哀愁。據說塞凡提斯是在牢裡構想出這部作品。

四處冒險的騎士和他引起的失敗笑話

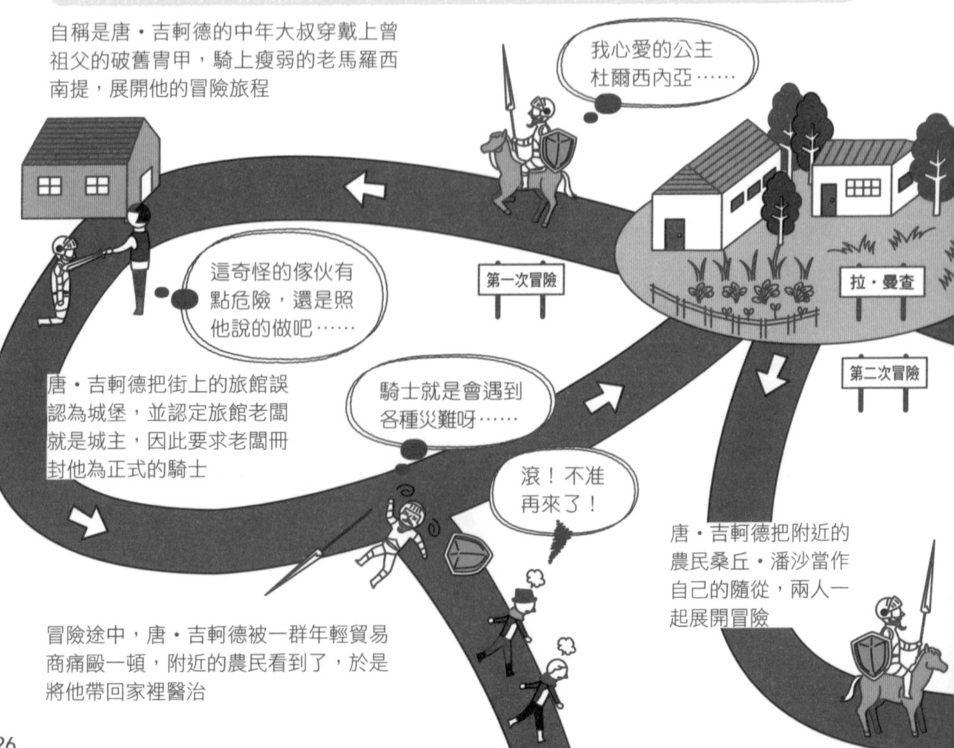

住在田村裡的中年大叔唐・吉軻德因為讀了太多騎士文學，因此幻想自己也是一名騎士。他認定住在隔壁村莊裡的村姑是自己心心念念的公主，帶著隨從桑丘・潘沙一起踏上冒險之旅。無法區分現實和騎士文學故事的唐・吉軻德，在旅途中引起一連串騷動，他把大風車看作巨人刺殺攻擊，還大膽跟獅子打架。

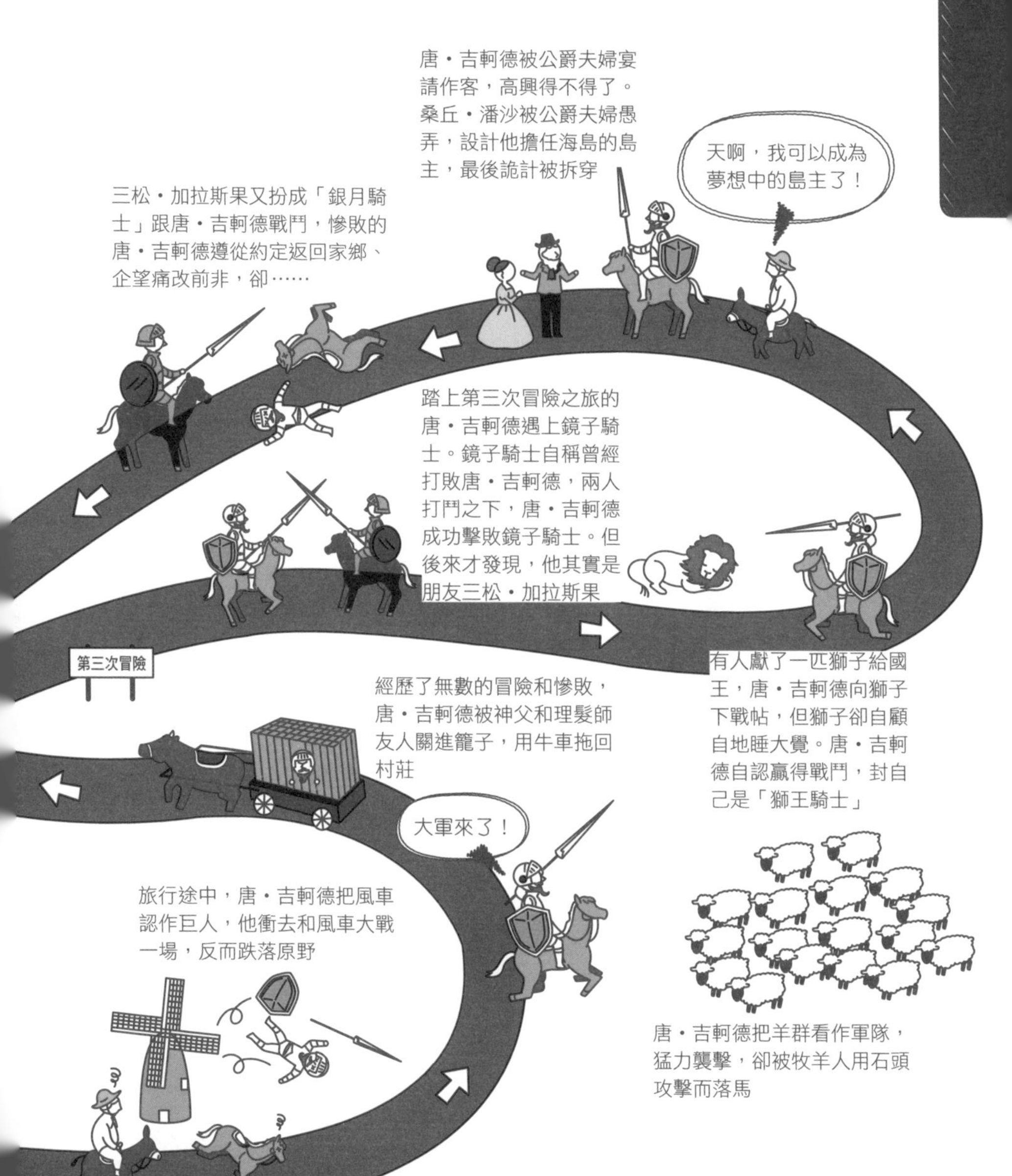

格列佛遊記

強納森・史威夫特

充滿奇幻想像的冒險遊記，同時也是一部對當時英國社會極盡嘲諷的傑出之作。

《格列佛遊記》這本諷刺小說，原本是為了批判當時面臨嚴重政爭的英國社會而寫，但是也清楚揭示出人類的劣根性。本作品共分為四篇，第一篇描寫船醫格列佛漂流到「小人國」，第二篇描寫「巨人國」，第三篇描寫航行到「日本」等異國，第四篇則描寫「慧駰國」的故事。文豪夏目漱石曾為本作品給出高評價，認為這是一部「對人類社會的諷刺和奇思妙想交織而成的特殊作品」。

格列佛的三趟航海之旅

船醫格列佛因為遇上暴風雨，漂流到住了一群小人的里里普特國。他差一點被處以刑罰，但順利逃脫。第二次航海時，他漂流到巨人之國布羅丁那格，一開始被當成有趣的展覽品到處展示，後來成為寵物。第三次航海時，他去了空中之島拉普塔和不死之島拉格那格，最後來到日本。第四次航海時，他到了慧駰國，那裡為具有智慧的馬掌權，但格列佛在該地見到了和人類長得一模一樣的家畜犽猢，從此厭惡人類這種生物。

水滸傳

施耐庵、羅貫中

與《三國演義》、《西遊記》、《金瓶梅》並稱為「中國四大奇書」。本書以恢宏篇幅描寫了眾多好漢行俠仗義的故事。

以北宋末年實際發生的動亂為題材，據說是施耐庵或羅貫中梳理了過去在說書或戲劇中發展建構起來的故事，但具體細節不明。宋江領導的108條好漢，以當地小偷的巢穴——山東省西部的天然沼澤地梁山泊為根據地，想為世間撥亂反正，但後來卻因為朝廷的手段一個接著一個失去性命，最後招降於朝廷。

集結在梁山泊的108個好漢

從道教總本山・龍虎山伏魔殿釋放而出的36個天罡星和72個地煞星

108個天罡星和地煞星各別轉世為人，這108位好漢在梁山泊集結了

因為朝廷招降，梁山好漢變成軍官。但他們卻在與北方遼國和叛亂軍的戰爭中接連失去性命

Recommend

金瓶梅

《金瓶梅》與《水滸傳》同為中國四大奇書，故事正是由《水滸傳》當中也出現的好漢西門慶與潘金蓮的私通事件為開端，是一部以寫實赤裸手法，描繪出人類真實情慾的小說。被稱為中國文學史上最重要的作品之一

背景 中國　初版時間 14世紀

三國演義

羅貫中

以東漢末年魏・蜀・吳三國爭奪天下的史實為基礎，描繪英雄豪傑的興起與衰落。

《三國演義》是以西晉時成書的正史《三國志》為原型，再加入奔放大膽情節的歷史小說。正史中雖然以魏為正統，本部作品卻是站在蜀國觀點寫成。「桃園三結義」中立下兄弟誓約的劉備、關羽和張飛三人，因為戰敗而逃往荊州。三人聽說了諸葛亮（孔明）的名聲，因此「三顧茅廬」，終於將諸葛亮迎入陣營，成為輔佐劉備的軍師。諸葛亮提出了「三分天下」之計，建議劉備應該要拿下蜀國，才能和曹操的魏國、孫權的吳國相抗衡。終於，劉備建立了蜀國。

魏、蜀、吳三國鼎立與彼此的攻防

憂心亂世的劉備、關羽和張飛三人訂下兄弟之誓約（桃園結義）

在曹操的號召下討伐董卓，孫堅的勢力崛起

劉備三顧茅廬終於請到諸葛亮，隨後，劉備與吳國聯手，在赤壁之戰打敗曹操

蜀　吳　魏

諸葛亮與魏國的司馬懿對戰失敗了。最後由司馬懿的後代成功一統天下

戰事持續不停，關羽慘死。雖然劉備希望為他復仇，但是他和張飛都相繼死去

赤壁之戰後，曹操的魏國、孫權的吳國、劉備的蜀國形成三國鼎立的局面

西遊記

吳承恩

從石頭中誕生的猴子孫悟空，一路打敗各色擋路妖怪的奇幻冒險故事。

《西遊記》是中國明朝時集大成的傳奇小說。據稱，作品中出現的三位徒弟和降妖伏魔的故事，是從各個民間故事精練而成。受到皇帝指派的玄奘三藏法師，為了求得經書而前往天竺（印度）。旅程中，玄奘幫助了被釋迦佛祖囚禁在高山下的孫悟空，收他為徒。後來又遇到被逐出天界的豬八戒、沙悟淨，也將他們收為徒弟。師徒一行四人，在降伏了各地妖魔之後，終於抵達天竺。

三藏法師一行的天竺之旅

19 紅樓夢

曹雪芹

描寫上流社會的繁華與沒落。故事中充滿各類美少女。清朝時催生了一群狂熱粉絲，被譽為「中國五大小說」之一。

以極盡繁華富貴的貴族世家的興衰為背景，描寫主角賈寶玉、林黛玉和薛寶釵三人之間的情感關係。作品在中國非常受到歡迎，從清朝（1636～1912）開始就出現一群被稱為「紅迷」的粉絲，清末時期更誕生了專門研究本書的「紅學」。中國四大奇書再加上本書之後，統稱為「中國五大小說」。全書共120回，前80回由曹雪芹所著，後40回是高鶚續作。

貴公子與兩位美少女之間的三角關係

《三國演義》被稱為描寫「武」的作品，《水滸傳》被稱為寫「俠」，《紅樓夢》則被稱作是寫「情」的作品。

column No. 01

必備基礎知識

世界傳說故事

亞瑟王之死　湯馬斯・馬洛禮

背景 英國　初版時間 1485年

英格蘭騎士湯馬斯・馬洛禮花費了近20年，將六世紀初期活躍沙場的亞瑟王的故事編纂成書。本書也是由英國第一位印刷業者威廉・卡克斯頓以活字印刷出版。受烏瑟王所託，魔法師梅林將少年亞瑟扶養長大，成人之後的亞瑟即位成為英格蘭王。亞瑟王取得王者之劍後，贏得了無數的戰爭，後來甚至成為羅馬皇帝。後來他召集各騎士，集結成圓桌騎士。但是由於騎士之一的藍斯洛特與關妮薇王妃相戀，導致戰爭發生，亞瑟王也在戰鬥中失去了性命。

羅蘭之歌　作者不詳

背景 法國　初版時間 約11世紀末

本作是頌揚法蘭克國王查理大帝之侄子羅蘭，由大約四千行的押韻十音節架構而成的敘事詩。故事的創作動機是西元778年，由查理大帝領軍的伊比利亞半島遠征。當時，查理大帝已逐漸平定西班牙，只剩下沙拉哥薩還沒有納入囊中。沒想到，羅蘭的繼父加尼隆卻與撒拉森人（伊斯蘭教徒）勾結，背叛了查理大帝，還害得羅蘭失去性命。憤怒不已的查理大帝於是討伐撒拉森人，並且占領了沙拉哥薩。回到國土後，查理大帝便將加尼隆處死。本作是第一部在法國文學黎明時期出現的「武功歌（Chanson de geste）」，被譽為最傑出的作品。

伊戈爾遠征記

作者不詳

背　景 俄羅斯　初版時間 12世紀末

《伊戈爾遠征記》被譽為中世紀俄羅斯文學代表作品，1790年代，一位古董收藏家在一堆古書中意外發現。俄國文豪普希金盛讚此書為「我國文學荒野中唯一的紀念碑」。其中一個橋段「雅羅斯拉夫娜的哭嘆」是雅羅斯拉夫娜為了丈夫伊戈爾而求助的場景，也是作品中最動人的一段描寫。1185年的南俄羅斯，身為諾夫哥羅德・塞維爾斯克公的伊戈爾帶著三名近親和部下一起出征，準備討伐遊牧民族波洛夫人。在一開始的戰事中，伊格爾大軍雖然戰勝，但後來卻大敗。伊戈爾戰敗被虜後，波洛夫人反過來進攻俄羅斯。最終，伊戈爾得到波洛夫人的幫助，順利逃走，回到妻子雅羅斯拉夫娜身邊。

羅摩衍那

跋彌

背　景 印度　初版時間 4世紀

本作品是古印度詩人跋彌以印度教神話和拘薩羅國英雄羅摩的傳説為藍本編纂而成，與《摩訶婆羅多》並列為印度兩大敘事詩。《羅摩衍那》對全世界的繪畫、雕刻、建築、音樂等不同藝術領域都帶來很深的影響。為了擊退魔王羅波那，印度教神明毗濕奴以拘薩羅國王子羅摩之身誕生了。羅摩長大成人後，娶回遮那竭國王之女悉多，卻被同父異母的弟弟奪去王位，妻子悉多也被羅波那擄走。後來，羅摩得到猴王的幫助，找到悉多，也成功擊敗羅波那。回國重登王位的羅摩，懷疑妻子對自己不忠。悉多證明了自己的清白之後，消失不見。最後，羅摩讓兒子繼承王位，自己升天並變回毗濕奴神。

column No. 02

必備基礎知識

歐洲近代名著

巨人傳（卡岡都亞與龐大古哀）

弗朗索瓦・拉伯雷
【背景】不詳 【初版時間】1532～1564年

作品標題為主角巨人的名字，前者是父親，後者是兒子。當年《卡岡都亞年代記》受到讀者歡迎，拉伯雷受到出版商委託，以模仿搞笑的方式寫了《龐大古哀年代記》，接著又寫了《卡岡都亞年代記》等兩部作品。內容雖然荒誕無稽但結構龐大，字裡行間充滿了諷刺和寓意，充分展現出作者的博學多聞。

憤世者

莫里哀
【背景】法國・巴黎 【首度公演】1666年

莫里哀被稱為法國古典戲劇三大作家之一，相較於悲劇，更擅長編寫喜劇。正經八百、非常厭惡奉承辭令，心靈潔癖的青年阿爾賽斯特愛上了美貌熱情、交際手腕高明的女子賽麗麥奴的故事。《憤世者》描寫了青年面對性格完全相反的女子，卻難以壓抑愛意的糾結心情。

費德爾

讓・拉辛
【背景】希臘 【首度公演】1677年

法國古典主義代表人物、悲劇作家拉辛最後一部劇作，本劇由五幕構成。作品以希臘神話為題材，描寫雅典王妃費德爾與繼子依波利特之間禁忌並迎向毀滅終局的愛情。同時代的哲學家伏爾泰盛讚此作，認為是「最會描繪人類精神層面的傑出作品」。

瑪儂・雷斯考

阿部・普列沃
【背景】法國、美國 【初版時間】1731年

瑪儂・雷斯考是熱情放浪又奢侈無度的妓女，但年輕騎士古利烏卻被她的美貌深深吸引。本作品講述了瑪儂如何操縱影響周遭男人的命運，被稱為第一部以「惡女」為主角的文學作品。作者普列沃雖然是天主教的神職人員，但是卻過著縱情放蕩的生活。他將自己的親身經驗運用作品裡，對於女性角色的描寫獨具魅力且細緻。

近現代世界文學

近現代世界文學名著是
全球知性人士的共通語言，
也是你不能不認識的文學類型之一。
許多作品亦曾經改編為電影，
成為耳熟能詳的文學著作。

浮士德

約翰・沃夫岡・馮・歌德

以16世紀時真實存在的鍊金術士浮士德博士的傳說故事為題材，歌德耗費約60年完成的大作。

德國詩人、劇作家歌德以15世紀至16世紀初，真實存在的鍊金術士浮士德之傳說為藍本，所寫成的戲劇。從動手寫作到完成作品，總共耗費了60年。無法對現狀滿足，一心努力追求更高的成就的學者浮士德，因為和魔鬼梅菲斯特締結契約，而體驗了各種神祕驚奇的變化。順道一提，第一位將本書翻譯為日文的是文豪森鷗外。

失望於知識追求而與魔鬼締約的浮士德

我知道了
就這麼約定吧

時間呀，
請停止吧。
你是如此之
美麗——
當你說出
這句話，
我就會
換走你的靈魂

結果，魔鬼梅菲斯特現身在浮士德面前。
他願意幫助浮士德，但是必須條件交換

因為惡魔的力量，浮士德重返年輕，並與少女格麗特芬相戀。不過，因為格麗特芬的身孕，浮士德殺了她的兄長，也逼死她的母親

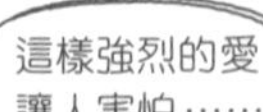

帶你出獄吧

神啊，
請救救我

格麗特芬發瘋並殺了自己的小孩，因此被關入監獄。浮士德想要救她出獄，但是她卻拒絕了與魔鬼締約的浮士德，決心死在獄中

學者浮士德和魔鬼梅菲斯特締結了契約。他以死後的靈魂為交換條件，希望能夠在人世中體驗各種情緒，如快樂、悲哀等。透過梅菲斯特的力量，浮士德重返年輕歲月，他勾引了少女格麗特芬，並讓她走向毀滅之途（第一部）。後來前往宮殿服侍皇帝的浮士德，又藉梅菲斯特之力重建國家經濟。而為了追求絕世美人海倫，浮士德穿越時空，前往希臘神話世界（第二部）。

傲慢與偏見

珍・奧斯汀

以寫實的人物描繪和輕巧情節展開聞名，世界文學史上數一數二的愛情故事。

《傲慢與偏見》是由以《艾瑪》（※）等小說聞名的英國作家奧斯汀所寫，這是她第二部長篇小說。以18世紀末到19世紀初期的英國鄉間為背景，描寫女性的婚姻議題，以及在戀愛之中，由誤會和偏見產生的陰錯陽差。雖以婚姻為題材，但作者將平凡日常生活中發生的點點滴滴，以諷刺幽默交雜的方式撰寫而成，將作品提升到藝術層次。夏目漱石更是對作品開頭的描寫讚賞不已。

知性女子伊莉莎白發現了自己的偏見

※《艾瑪》描寫個性熱心、努力幫別人牽紅線的地主千金艾瑪，因為認識了紳士奈特利而重新面對自我，在有所成長之後，最終迎向幸福婚姻的愛情小說。

故事發生在18世紀末英國鄉村。班奈特夫人家中有五位千金，她為了替女兒找到好歸宿而忙碌不已。其中，長女珍遇見了剛搬到附近的青年賓利，兩人陷入熱戀。次女伊莉莎白在舞會認識了有錢人達西，認為他傲慢又討人厭。伊莉莎白對達西的厭惡日益加重，但最後她才醒悟，她對於達西的印象，其實都是源自於自己的偏見。

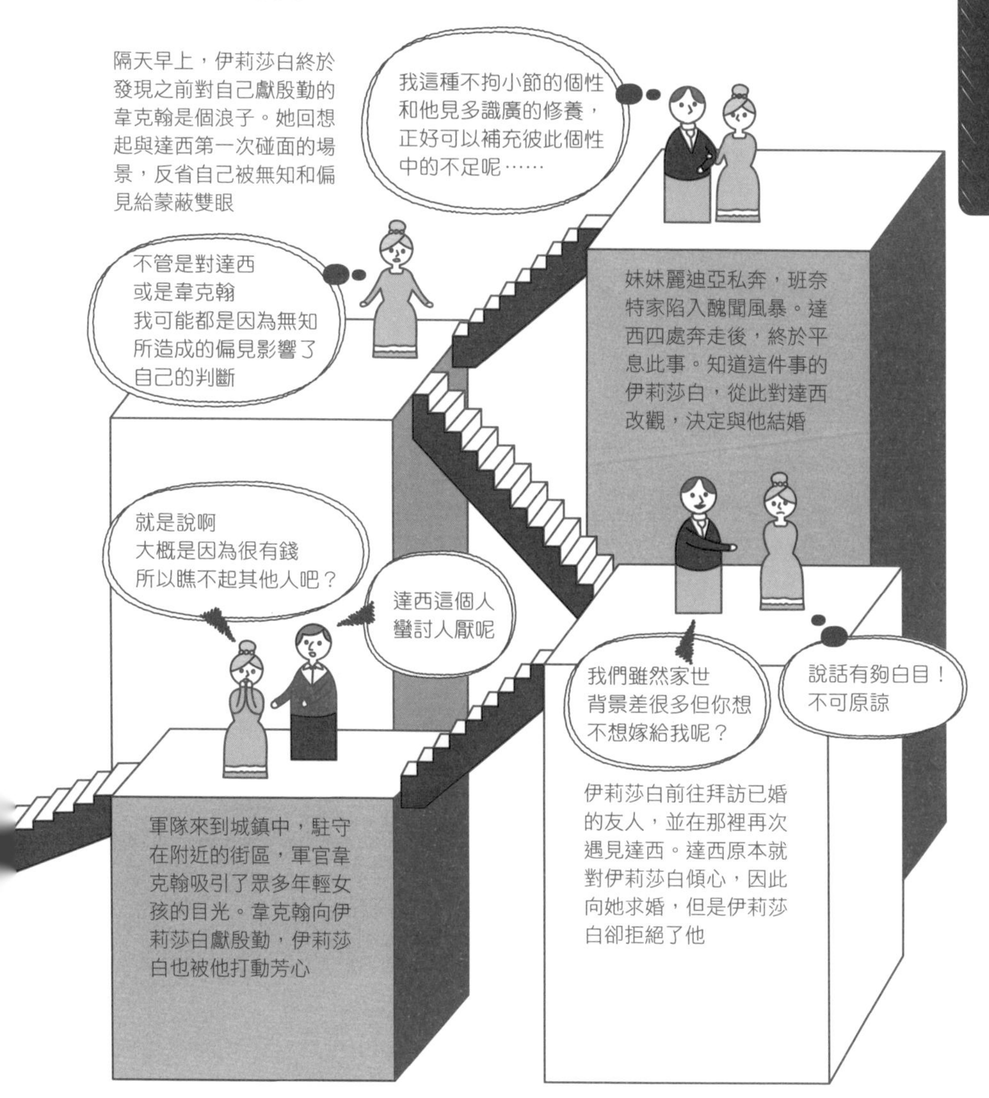

紅與黑

斯湯達爾

本作品透過階級鬥爭來描寫人物，是法國寫實小說的先驅之作，被薩默塞特・毛姆選為「世界十大小說」之一。

斯湯達爾以《戀愛論》（※１）、《帕爾馬修道院》（※２）聞名，而《紅與黑》則是以實際發生在法國的兩個社會事件為主題寫成的長篇小說。青年志利安一方面厭惡上層階級，另一方面又夢想躍升上流社會。標題裡的「紅」代表「軍人」，「黑」則代表「神職人員」。如同標題象徵之意，《紅與黑》描寫了成功與挫敗、貴族階級與平民階級、鄉村和都市等種種的對比。

才華洋溢的青年志利安之野心與破滅

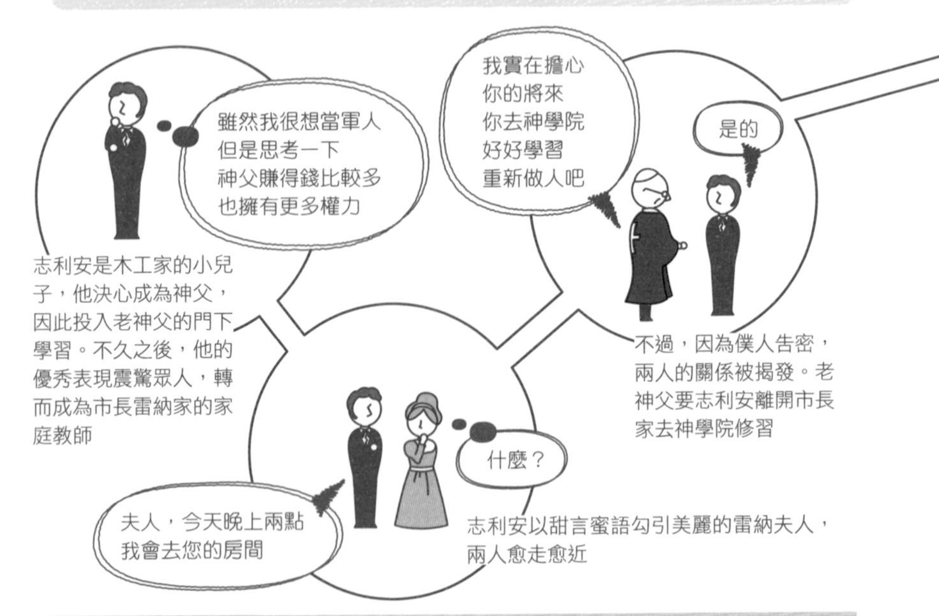

※１《戀愛論》…斯湯達爾以愛情為主題的隨筆文集。他在書中分析了自己對愛情的看法，他認為，愛情分為「熱情之愛」、「有趣之愛」、「肉慾之愛」和「虛榮之愛」。
※２《帕爾馬修道院》…與《紅與黑》並列為斯湯達爾的代表作品。描寫為追求幸福而賭上性命的貴族伐布利斯，因為深愛之人的死而進入修道院的故事。

同時具備堅強意志與英俊外表的木工之子志利安，為了逃離被父親和兄長虐待的悲慘生活，將憤恨埋藏於胸中，努力討好貴族階層，一心希望成為神職人員。幸運的他，成為市長雷納家的家庭教師。為了滿足自尊心，他誘惑了雷納夫人，卻在不知不覺中愛上她。但兩人的關係被揭發，志利安的人生面臨瘋狂的局面。

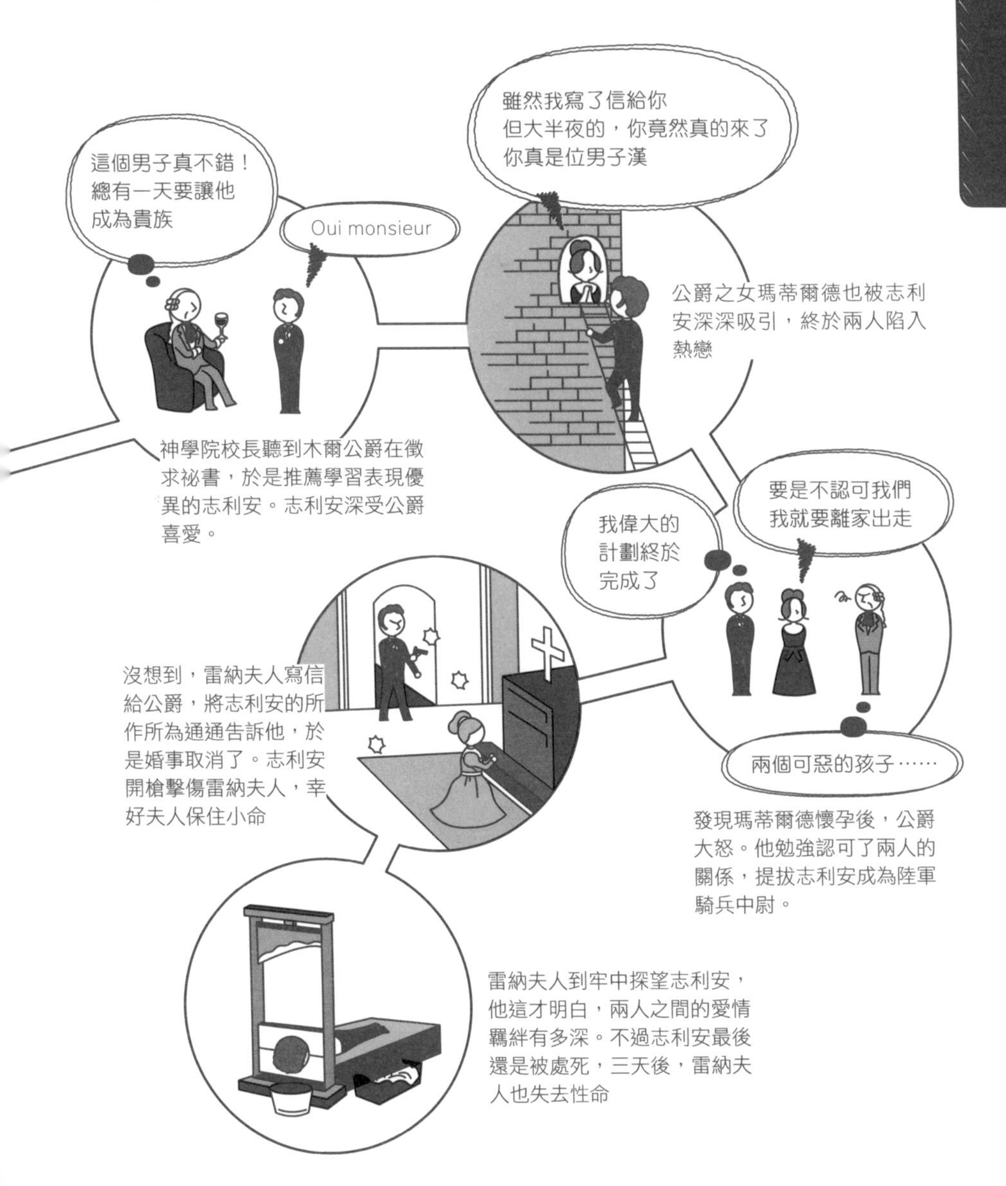

04 厄舍府的沒落

埃德加・愛倫・坡

哥德風幻想小說。描寫了古怪懸疑的事件，被譽為愛倫・坡的短篇代表作品。

埃德加・愛倫・坡以史上第一本推理小說《莫爾格街兇殺案》（※）聞名，本作品則是他的短篇小說。前往拜訪老朋友羅德里克的「我」，在陰森的屋子裡體驗了各式各樣古怪的事件。《厄舍府的沒落》是愛倫・坡最有名的作品，被歸類於18世紀末流行的哥德式小說這個文類中。所謂哥德式小說，指透過描寫隱藏在平凡事件背後的古怪疑點，展現人類對於肉眼看不見的事物所抱持的恐怖和不安心境。

被詛咒的名門家族和活活埋葬

※《莫爾格街兇殺案》…名偵探奧丘斯特・杜賓偵查發生在莫爾格街公寓的兇殺案，找出殺害母女的兇手。本作品被稱作是史上處理密室殺人事件的第一部推理小說。

欽差大臣

尼古拉・果戈里

徹底諷刺官僚社會的腐敗局面。描寫因誤會而產生的一場鬧劇，被譽為俄羅斯喜劇最高傑作之一。

本作品為以《外套》（※）、《死魂靈》等作聞名的俄羅斯寫實文學始祖果戈里代表作之一。故事發生在俄國某個小城市，一手遮天的市長聽說中央政府暗中派了一位欽差大臣來視察，因而引發一場騷動。《欽差大臣》以幽默諷刺的手法，充分描寫了在農奴制度下的俄羅斯社會中，官僚機構的腐敗不堪，被稱為俄羅斯喜劇史上的最高傑作之一。

貪汙官員和下級部署引起的荒謬鬧劇

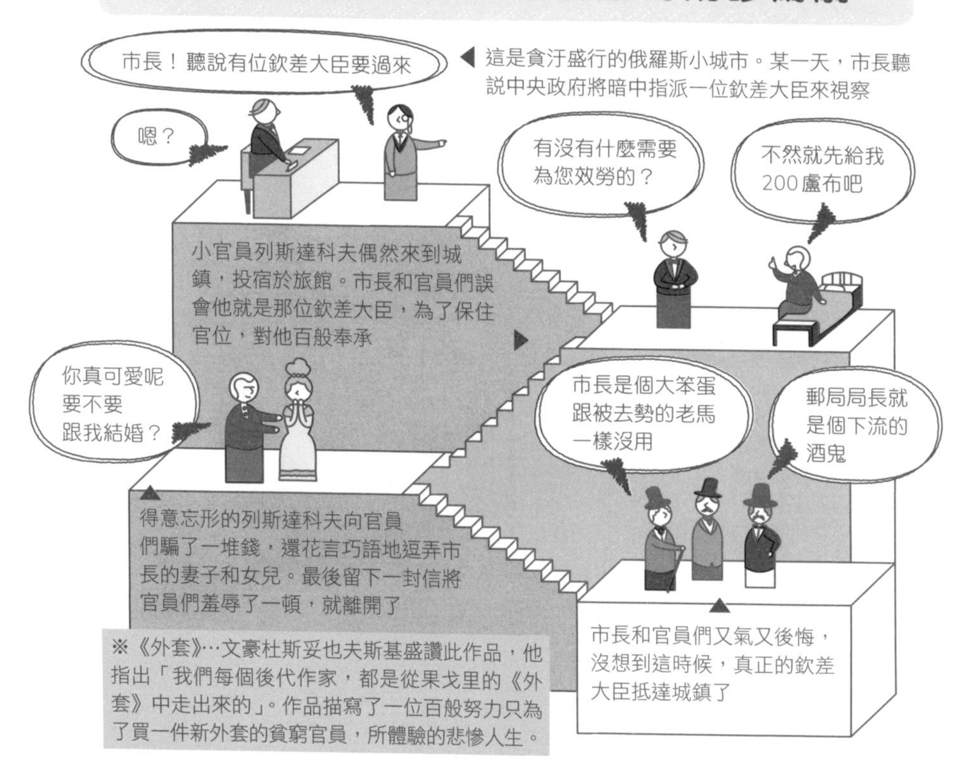

※《外套》…文豪杜斯妥也夫斯基盛讚此作品，他指出「我們每個後代作家，都是從果戈里的《外套》中走出來的」。作品描寫了一位百般努力只為了買一件新外套的貧窮官員，所體驗的悲慘人生。

小氣財神

查爾斯・狄更斯

描寫了發生在聖誕節的動人奇蹟故事。作者狄更斯因此一舉成為世界級的知名作家。

《雙城記》（※）作者英國國民作家狄更斯的中篇小說。一名視錢如命的男子在聖誕夜裡遭遇了不尋常的事件，他穿越時間，在過去、現在和未來中旅行，觀念從此改變。本作品完整展現了狄更斯的世界觀和對人類的觀察，被稱為「聖誕哲學」。而從本作品開始，狄更斯每到聖誕節期間，就會發表以聖誕節為主題的小說，隨後統整為《聖誕小說系列》。

發生在守財奴身上的聖誕節奇蹟

▲
聖誕節前夕，為了跟史古基一起慶祝聖誕節，外甥前來公司拜訪他，卻被史古基趕走。另外還有兩位替貧窮人家募款的紳士來到公司，但同樣被趕走。此時書記鮑伯向史古基請求明天休假，他很不情願地答應了

離開公司後，史古基到酒吧消磨時間。沒想到一回到家，他竟然遇見了七年前死去的公司合夥人馬里
▼

我被自己創造的
鎖鏈綁住了

※《雙城記》⋯以法國大革命為背景的歷史小說，描述發生在倫敦和巴黎兩個城市中，丹尼和卡頓兩位青年與冤獄囚犯之女露西的悲慘愛情故事。

小氣又冷漠的孤獨老人史古基，在聖誕節前夕遇見了前同事馬里的鬼魂。鬼魂告訴他，被慾望所綁架的人類會遭遇悲慘的命運。為了改變史古基的想法，鬼魂說，接下來將會有三個精靈在他面前現身。隔天，如同鬼魂的預言，第一、第二、第三個精靈現身了，他們分別帶領史古基前往過去、現在和未來的世界，從此改變了他。

◀過去的聖誕精靈

第一位精靈讓史古基看見了馬里年輕時度過的歡樂聖誕節，以及前女友和現在的老公、小孩開開心心過聖誕節的幻影

▶現在的聖誕精靈

第二位精靈讓史古基看見了以微薄薪水盡力妝點聖誕節的鮑伯和來公司邀約他的外甥，鮑伯和外甥都與自己的家人或朋友過著溫馨的聖誕節。

▲未來的聖誕精靈

第三位精靈，讓史古基看見一位不受歡迎的男子死去後的幻影。男子死去後，周遭沒有任何一個人為他感到悲傷，而男子的墓碑上刻的正是史古基的名字……

史古基洗心革面，他捐款給之前被趕走的募款紳士，參加了外甥的晚餐會，並且資助鮑伯生病的小兒子，被鮑伯一家人視為再造父母 ▶

07 基督山恩仇記

亞歷山大・仲馬

故事描寫一位含冤入獄的男子，如何展開一場龐大的復仇劇碼。世界文學史上重要的長篇小說。

《三劍客》（※）作者・法國小說家大仲馬以幼年時期父親所說的拿破崙傳奇為靈感來源寫成的冒險小說，故事以拿破崙放逐後的路易18世時期為時代背景，描寫一位含冤入獄的男子成功越獄，並完成復仇大計的過程。日本明治時代，翻譯家黑岩淚香以《史外史傳巖窟王》為標題寫成翻案小說，因此以「巖窟王」之名在日本廣為人知。

無罪卻被關入冤獄的男子所展開的復仇劇

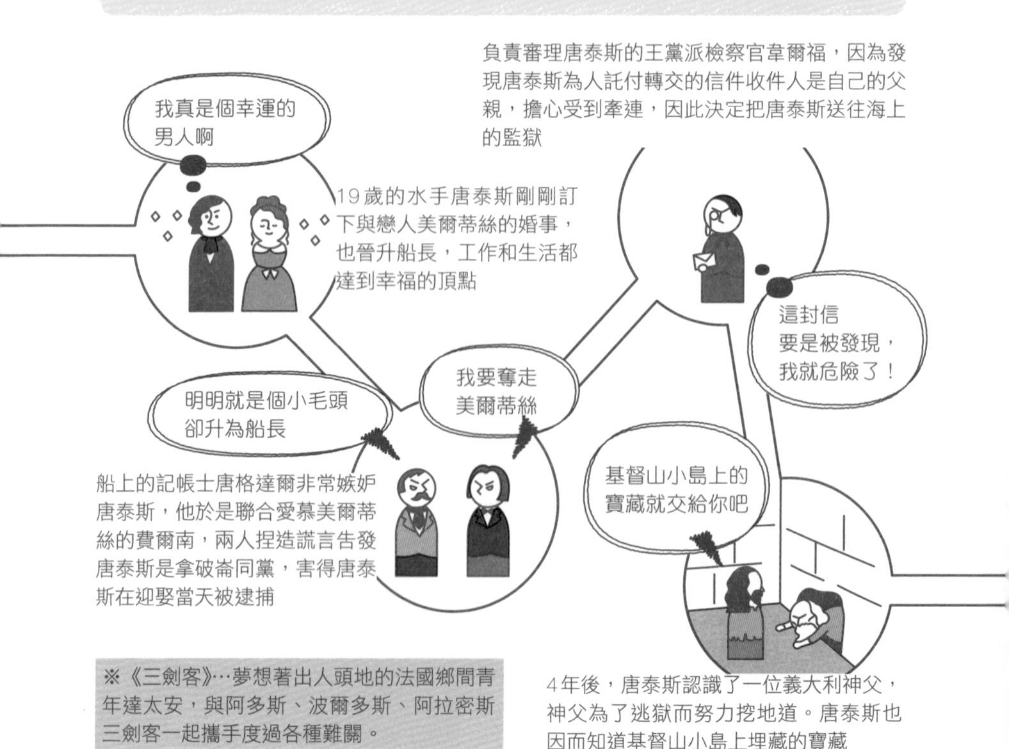

※《三劍客》…夢想著出人頭地的法國鄉間青年達太安，與阿多斯、波爾多斯、阿拉密斯三劍客一起攜手度過各種難關。

水手唐泰斯被人所陷害，在結婚前夕關入冤獄。14年後，他成功逃獄，並且得到龐大的財產。於是他改名換姓，以「基督山伯爵」的名號風靡巴黎社交圈，而且開始對當初陷害他的唐格拉爾、費爾南、韋爾福展開復仇。基督山伯爵揭發了唐格拉爾等人犯下的罪行，摧毀他們珍愛的事物，讓他們身敗名裂。

咆哮山莊

艾蜜莉・勃朗特

艾蜜莉・勃朗特唯一一篇長篇小說作品，被譽為「世界三大悲劇」之一。

以英國北方荒涼廣闊的大地為背景，圍繞在兩個家族的三代之間，愛恨交織的復仇故事。作者是英國維多莉亞時代的代表小說家、勃朗特姐妹中的艾蜜莉。姊姊夏綠蒂以作品《簡愛》（※）聞名。《咆哮山莊》是艾蜜莉唯一的長篇小說，她在小說發表之後，就以30歲的年紀英年早逝。作家薩默塞特・毛姆將《咆哮山莊》選為「世界十大小說」之一。

為了實踐愛情而耗費一生的復仇大戲

青年洛克伍德租下了位於偏僻寧靜鄉下的畫眉山莊，他從管家奈莉口中得知，在距離畫眉山莊不遠的咆哮山莊中，曾經發生在主人希斯克里夫身邊的故事

※《簡愛》…描寫孤兒簡愛擔任家庭教師，並與該家男主人成婚的青春小說。在維多莉亞時代，像《簡愛》這樣因自由戀愛而結合的情節發展相當創新。

吉普賽男孩希斯克里夫被咆哮山莊的主人帶回家，山莊鎮日颳著冷風，而希斯克里夫也一直承受主人之子的虐待。當希斯克里夫知道深愛的主人之女凱撒琳即將結婚，絕望的他憤而離開山莊。後來，希斯克里夫得到一大筆財產，返回山莊與凱撒琳丈夫的妹妹結婚。並讓自己的兒子與凱撒琳的女兒成婚。這是橫跨三代、悲壯且愛恨交織的故事。

背景 美國·波士頓　初版時間 1850年

紅字

納撒尼爾・霍桑

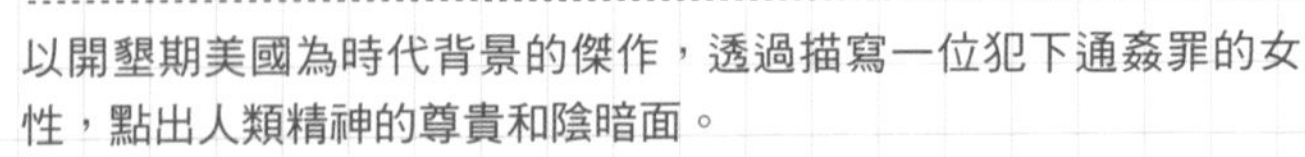

以開墾期美國為時代背景的傑作，透過描寫一位犯下通姦罪的女性，點出人類精神的尊貴和陰暗面。

作品以17世紀美國清教徒社會為時代背景，以象徵性手法描寫產下私生子的海斯特與通姦對象青年牧師之間，無法自白罪名的痛苦故事。「紅字」是以紅線縫在海斯特衣服上，代表姦婦（Adulteress）的首字「A」。據說，本作品是霍桑發現自己的祖先曾經是美國黑暗歷史的一頁——獵殺女巫行動中的加害人後，大受衝擊之下而寫成。

罪是什麼？上帝的寬恕又是什麼？

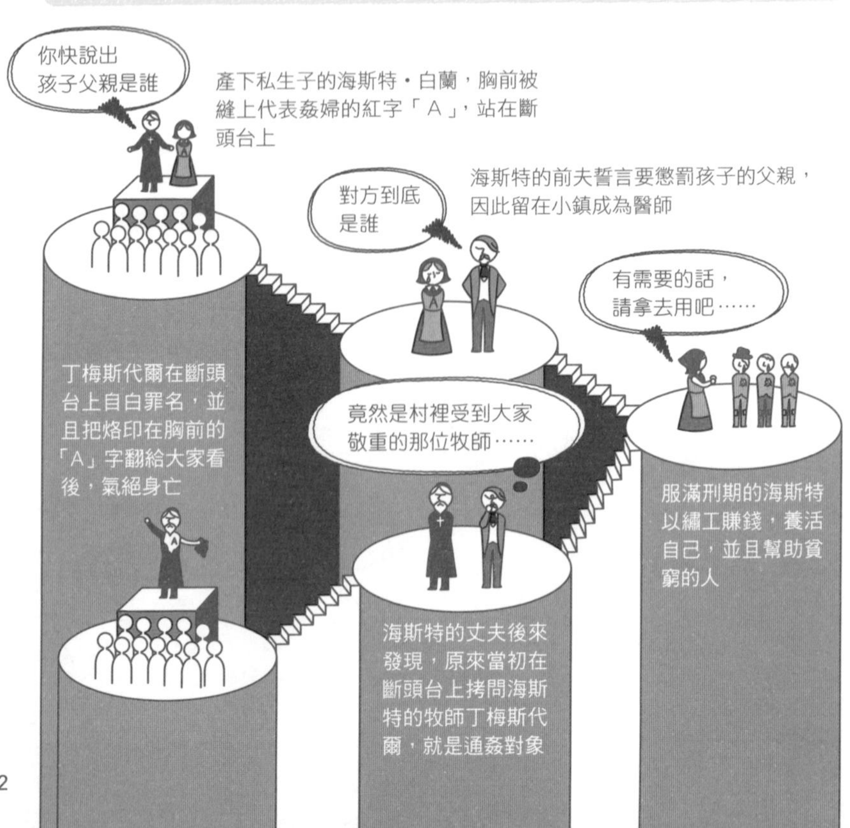

白鯨記

赫爾曼・梅爾維爾

曾經當過捕鯨船船員的梅爾維爾，以自身經驗為基礎寫成的長篇小說，被譽為美國文學代表作品之一。

美國作家梅爾維爾在青年時期，因為對大海的嚮往而搭乘捕鯨船出海航行。《白鯨記》正是他以自身經驗為本，創作而成的海洋冒險羅曼史。被巨大的白鯨莫比・迪克奪去一隻腳的船長亞哈，為了要復仇，曠時廢日追蹤白鯨並與它幾度對決。除了原本的故事情節，當中還談到許多鯨魚知識和捕鯨業習俗，也包含了角色獨白和戲曲筆法，手法大膽且難度很高。作品剛發表的時候評價不高，但是到了20世紀，價值終於獲得認可。

被白鯨吃掉一隻腳的亞哈船長之執念

悲慘世界

維克多・雨果

尚・萬強只因為偷了一片麵包，蹲了19年苦牢。這是描寫他壯闊人生的長篇小說。

雨果身分多元，除了是法國浪漫主義文豪，也是詩人和政治家。《悲慘世界》是他的長篇小說，由五個篇章構成，宛如一首敘事長詩。雨果從1845年開始動筆，後來因為獨裁者拿破崙的禁令，以及雨果的逃亡而中斷，到了1862年，終於在異國完成作品。《悲慘世界》聚焦在苟延殘喘的下層貧困人民，以人道主義貫穿作品，暗喻著愛和犧牲奉獻可以改變世界，發表之後引起非常廣大的迴響。作品在日本翻譯為《噫無情》。

想成為「好人」的男子之糾結

因為偷了一片麵包而蹲了19年苦牢的尚・萬強，遇見了借住一宿的主教。他被主教的慈愛所感召，因此洗心革面，改名為馬德廉，並且成為樂善好施的市長。尚・萬強雖然一直被警察追查，但還是將死去妓女的孩子珂賽特撫養長大。後來，珂賽特與胸懷革命大業的青年馬留斯結婚。馬留斯因為發現妻子的養父是前科犯，要妻子疏遠他，但後來明白尚・萬強是自己的救命恩人後向他道歉。而尚・萬強則在這對年輕夫妻的照顧之下逝去。

戰爭與和平

列夫・托爾斯泰

以19世紀後半拿破崙戰事的時代為時代背景，描寫俄羅斯三大貴族家庭興衰和人物群像的長篇歷史小說。

著有《安娜・卡列尼娜》（※）的俄羅斯文豪托爾斯泰所創作的長篇歷史小說。本作品以拿破崙大軍進攻俄羅斯時期為時代背景，描繪了眾多人物在社交圈、家庭、戰場上的生活樣貌，以及大時代的動亂如何影響個人意志和行為。小說中的出場人物從皇帝、軍人、貴族到平民，數量高達559人。主角皮埃爾歷經了放蕩的貴族生活，因故成為俘擄，最後返璞歸真回歸田野。從這段身心靈的歷程，也能看出作者本人的思維。

華麗的社交圈與戰事、新時代的氣息

保爾康斯基家的安德烈公爵與別祖霍夫伯爵家的私生子皮埃爾是非常好的朋友，兩人也是社交圈的名人

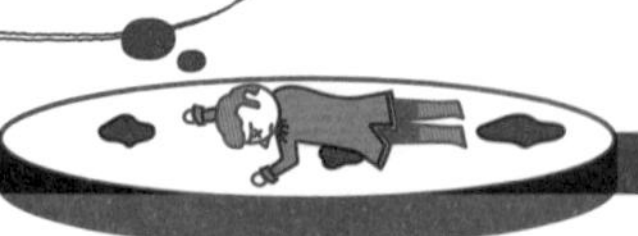

安德烈為了逃離上流社會與妻子，於是遠赴戰場，在戰爭中身受重傷

因為父親突然逝世，皮埃爾成為別祖霍夫伯爵，並與熱情放蕩的美女海倫結婚

海倫與男人私通，皮埃爾與情夫決鬥。雖然打贏了，但皮埃爾內心空虛，最後選擇與妻子分居

※《安娜・卡列尼娜》…本書描寫主角悲劇的一生。安娜拋下無愛的婚姻生活，決心與青年貴族一起追尋熱情。但她卻無法得到家族和社交圈的諒解，最後在鐵軌上自殺。

胸懷榮譽心的貴族安德烈，因為參加俄軍與法軍的交戰身受重傷。好友皮埃爾雖然繼承了一筆龐大遺產，但卻因為妻子的放蕩不貞而痛苦萬分。安德烈從戰場生還後，發現妻子已死。他與貴族千金娜塔莎相戀並訂下婚約，但娜塔莎卻選擇了別的男人。安德烈傷心欲絕，重返戰場，再次受了重傷，最後死在悔恨不已的娜塔莎懷中。成為俘虜的皮埃爾，終於發現人生的意義，最後與娜塔莎共度一生。

安德烈身受重傷，在悔恨不已的娜塔莎懷中嚥下最後一口氣

在安德烈去國外療養的時候，海倫的兄長與娜塔莎越走越近，於是婚事破局。傷心的安德烈重返軍中

拿破崙大軍入侵俄羅斯。皮埃爾為了刺殺拿破崙，於是留在莫斯科。沒想到被誤以為是縱火犯，因而成為俘虜

好不容易撿回一命的安德烈回到家中，妻子麗莎生下男嬰，卻不幸死去

被釋放出來的皮埃爾與娜塔莎重逢，兩人結婚。不久後生下三女一男，過著幸福安穩的生活

單身後的安德烈愛上羅斯托夫家的千金娜塔莎，兩人締結婚約。皮埃爾雖然也愛慕娜塔莎，但依然祝福兩人

卡拉馬助夫兄弟們

費奧多爾・杜斯妥也夫斯基

擁有《罪與罰》、《惡靈》等作品的世界級文豪杜斯妥也夫斯基所創作的最後一部長篇小說。

俄羅斯文豪杜斯妥也夫斯基在晚年所創作、集一生思想之大成的長篇小說。作品以卡拉馬助夫一家的弒父審判為主軸，描寫三兄弟與私生子之間的糾葛，並且對神性與人性本質提出尖銳的質疑。小說中，由無神論者次男吟誦的詩作《大審判官》討論了關於自由與權威的真理，最為知名。原本有續集作品的構想，但因為作者離世而未如願。本書與《罪與罰》（※）、《白痴》、《惡靈》、《未成年》合稱是杜斯妥也夫茲基的五大長篇作品。

卡拉馬助夫一家人

長男 德米特里（米嘉）
費堯多爾與前妻生下的兒子。退役軍人，性格直爽。雖然有未婚妻但還是和其他女性糾纏不清

父親 費堯多爾
慾望強大且好色、從底層翻身的地主。喜歡嘲笑世間的一切

斯邁爾加科夫
傳說是費堯多爾和女乞生下的兒子，也是卡拉馬助夫家的傭人

次男 伊萬（萬亞）
費堯多爾與後任妻子生下的兒子。大學畢業的菁英份子，信奉合理主義和無神論。對哥哥的未婚妻卡捷琳娜有好感

三男 阿列克賽（阿遼沙）
從中學輟學後，成為修道院教士。對原本是軍人、後來成為神父的佐西馬十分景仰

※《罪與罰》…青年拉斯柯尼科夫認為，非凡之人就算犯罪也可以被允許，因此他殺掉當鋪的老婆婆。後來他因為愛上妓女索尼亞，因而決定自首。

地主費堯多爾共有四個兒子，分別是粗魯的德米特里、無神論者伊萬、篤信宗教的阿列克賽，以及女乞生下的斯邁爾加科夫。某一天，費堯多爾被人殺死，因為女人和父親起爭執的德米特里遭到逮捕。但是真正殺掉父親的人，其實是斯邁爾加科夫，而他聲稱，自己是被伊萬所影響。伊萬知道真相後精神錯亂，失望的斯邁爾加科夫自殺，德米特里被處以流刑。

以弒父審判為主軸，討論宗教思想與人性

長男德米特里雖然有未婚妻，但是卻迷上商人的小老婆，和父親為了同一個女人時常起爭執

阿列克賽因為尊敬的佐西馬神父日漸衰弱而憂心。伊萬對他闡述無神論，並且訴說了「大審判官」這部創作小說

費堯多爾被殺害，德米特里被警方逮捕。因為他常常嚷嚷著要殺掉父親，因此就算他主張清白也沒人相信

佐西馬神父的遺體散發出強烈的腐臭味，阿列克賽開始對上帝產生懷疑。德米特里為了償還借款，因此躲在父親家中

斯邁爾加科夫告訴伊萬：「我是因為受到你的影響，才殺掉費堯多爾的」。伊萬非常震驚。斯邁爾加科夫隨即自殺。

伊萬在審判中主張哥哥無罪，但是沒有人相信。於是他失去意識昏了過去。清白的德米特里抗議無效，被送往西伯利亞

14 變形記

法蘭茲・卡夫卡

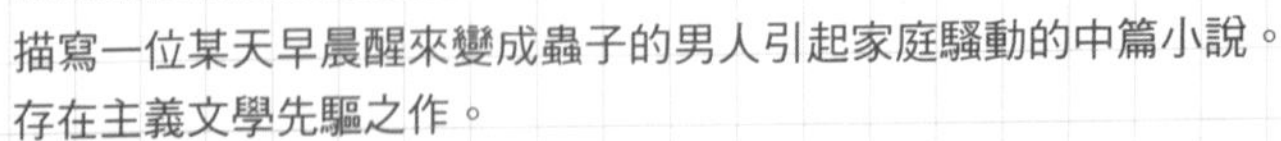

描寫一位某天早晨醒來變成蟲子的男人引起家庭騷動的中篇小說。存在主義文學先驅之作。

《變形記》是猶太裔德語作家卡夫卡的中篇小說，他另外著有《審判》（※1）、《城堡》（※2）等作品。《變形記》描寫一個突然變成蟲子的男人，被家人放棄不管，直到死亡的故事，是荒謬文學中的經典作品，也是存在主義先驅之作，評價非常高。有人認為，變成蟲子的主角，以及攻擊蟲子的家人，很可能是作者父子關係的投射。順道一提，在卡夫卡離世之後，友人幫忙將他的長篇小說出版發表。這時，他才真正以作家身分受到世人矚目。

某天變成蟲的男子在數月間發生的事

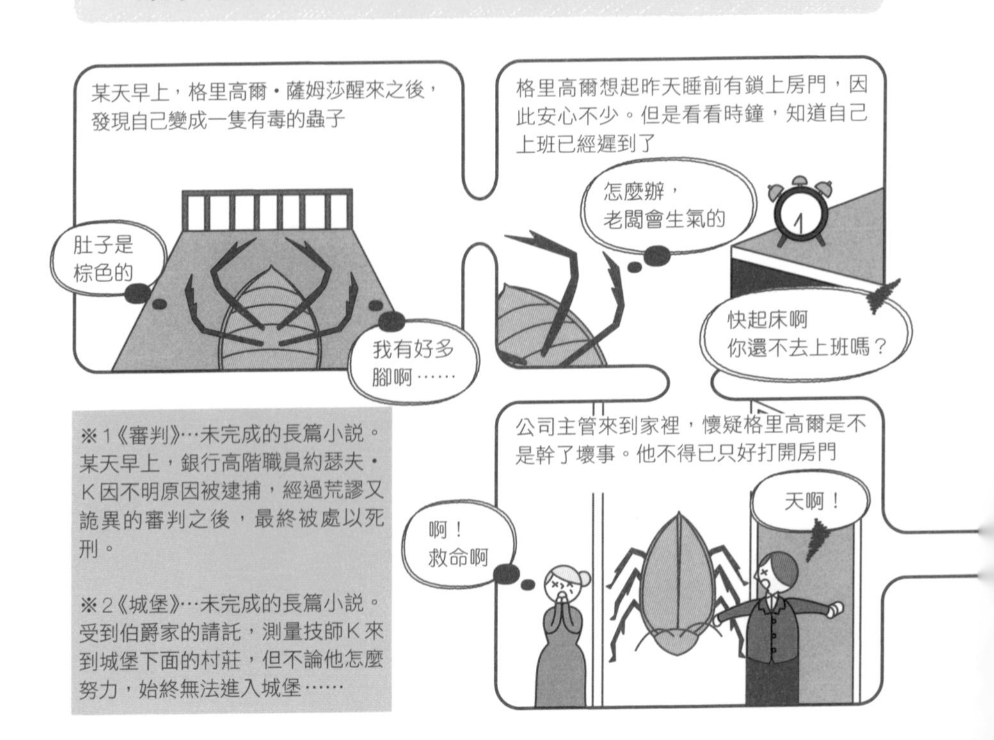

※1《審判》…未完成的長篇小說。某天早上，銀行高階職員約瑟夫・K因不明原因被逮捕，經過荒謬又詭異的審判之後，最終被處以死刑。

※2《城堡》…未完成的長篇小說。受到伯爵家的請託，測量技師K來到城堡下面的村莊，但不論他怎麼努力，始終無法進入城堡……

推銷員格里高爾・薩姆莎某天早晨甦醒後，變身成一隻巨大的毒蟲。看到他的模樣，父親、母親和妹妹都不知所措。格里高爾被家人關在房間裡，雖然妹妹好心照顧他，但就在他爬出房門、嚇到母親時，他被父親丟出去的蘋果打中，身體變得非常虛弱。由於少了格里高爾可以幫忙賺錢，家人們各自找了新的工作。但最後，妹妹也對格里高爾失去耐心，格里高爾因此衰弱地死去。這時，一家人終於放下心中的一塊大石，開開心心地出門散步。

阿Q正傳

魯迅

以1911年中國辛亥革命為背景，用諷刺筆法描寫農夫阿Q的所作所為。

魯迅原本打算去日本留學研讀醫學，後來棄醫從文，成為中國作家暨思想家，本書是他的中篇小說，也是中國近代文學代表作品之一。《阿Q正傳》以諷刺筆法描寫無知愚昧但自尊心比天高的阿Q的故事。阿Q是個打零工的農夫，最後在辛亥革命的亂世中，因冤罪被公開處死。從本作品中，可一窺當時中國社會的時代亂象，而從書中提到的「將失敗視為勝利」的「精神勝利法」也可看出魯迅對人民劣根性的批判。毛澤東相當喜愛本書，談話中常引用此作品。

愚蠢卻自尊心比天高的農夫阿Q之悲劇

尤利西斯

詹姆斯・喬伊斯

以實驗性文體所寫，對維吉尼亞・吳爾芙和福克納都帶來深厚影響，被譽為現代小說最傑出的作品之一。

《尤利西斯》是愛爾蘭作家詹姆斯・喬伊斯的小說，被譽為20世紀文學巔峰作品之一。作者借用荷馬史詩《奧德賽》的架構（主角奧德修斯的拉丁語名字就是「尤利西斯」），以18章描寫一位住在都柏林的中年猶太廣告業務員利奧波德・布魯姆的一天。本作品運用了如「意識流」等各式實驗性文體，為文學手法帶來革新，但也因為書中對情慾的描寫而產生爭議。

中年男子布魯姆的某一天

海的顏色
就跟母親嘔吐的
膽汁一樣……

1 夢想成為作家的青年史蒂芬結束了在小學教書的工作之後，來到海邊，在那裡思索自己家族的事情

這是她的
情人寄來的信

2 報社廣告業務員利奧波德・布魯姆為妻子摩莉準備早餐、收信，參加朋友的葬禮，接著去報社上班

3 布魯姆在圖書館看到正在與一群文學家爭論「哈姆雷特」的史蒂芬。後來，布魯姆看見妻子的外遇對象，怒火中燒

4 布魯姆在海邊看見一位年輕姑娘，忍不住手淫。後來他到醫院探視朋友，又看見史蒂芬，對史蒂芬產生出一股如自己兒子一般的情感

5 史蒂芬在城裡被毆打，布魯姆把他帶回家，但後來史蒂芬離開了。摩莉與布魯姆睡在同一張床上，卻耽溺在自己的幻想中

《奧德賽》的對應之作

「尤利西斯」是荷馬史詩《奧德賽》主角的拉丁語名。主角布魯姆和妻子摩莉、史蒂芬分別可以對應奧德修斯、其妻帕涅羅佩、兒子忒勒瑪科斯。

魔山

湯瑪斯・曼

本作品是一部教育小說。描寫主角在宛如歐洲縮影般的療養院中度過的七年光陰。

《魔山》是德國作家湯瑪斯・曼所寫的教育小說。一位平凡的青年在療養院住了七年，並在那裡接觸到各式各樣不同想法和性格的病患，最後從死亡的誘惑中超脫，找到生存的意義。作者是從去療養院探望妻子的過程中得到靈感，原本的設定是短篇小說，書寫過程中遇到第一次世界大戰，最後花了12年的時間，完成一部長篇作品。後來當納粹掌權，作者也逃亡瑞士和美國。

療養所內的自我追尋與世界大戰的來臨

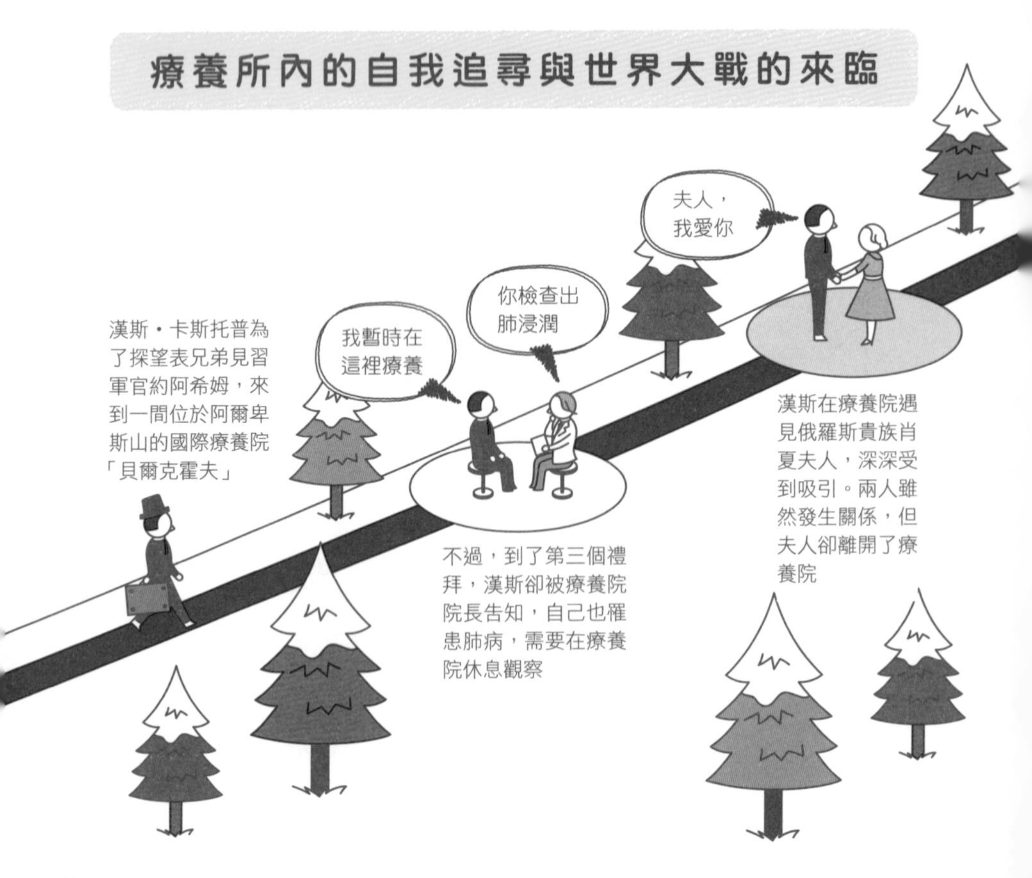

嚮往死亡的青年漢斯・卡斯托普來到瑞士高山上的結核病療養院，那裡瀰漫著一股頹廢的氣氛。漢斯在那裡遇見了具有魅力的俄羅斯人肖夏夫人、讚頌人類文明進步的義大利學者登布里尼、提倡回歸神權的猶太耶穌會教士那夫塔、荷蘭富商皮佩爾科爾恩等人。後來，漢斯因為意外被大雪掩埋而認知到生命的尊貴，第一次世界大戰爆發時，他便離開了「魔山」，前往戰場。

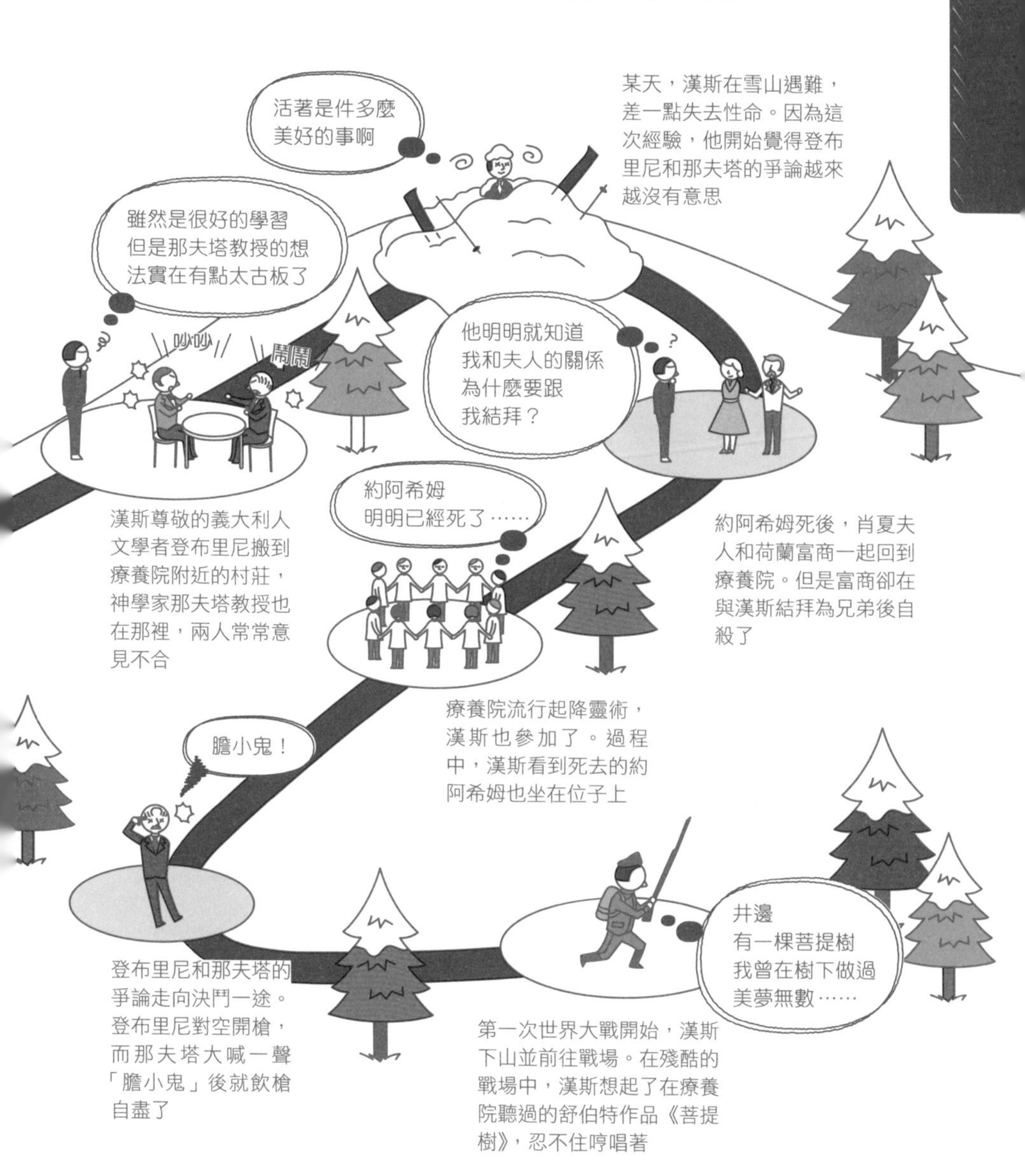

大亨小傳

史考特・費茲傑羅

以第一次世界大戰後的美國為時代背景，描寫年輕企業家蓋茲比的奢華生活與幻滅終局。堪稱美國文學史上的傑作。

《大亨小傳》是美國作家費茲傑羅的代表作品，他也是「失落的一代」代表人物之一。作品以張狂的1920年代「爵士時代」作為故事背景，透過一位由底層社會翻身的男子與無法得到回應的愛情，凝視美國夢的虛無。小說出版時，雖然受到專業書評的讚賞，但是銷售成績並不好。此後，作者的私人生活也不斷崩毀。等到作品被世人肯定，已經是他離世之後的事了。村上春樹曾表示這部作品影響他甚深，而他也重新翻譯了小說日文版。

想奪回戀人的純情男子與悲劇

剛搬到長島的尼克，認識了每天晚上都在豪宅舉辦盛大宴會的鄰居蓋茲比。蓋茲比從軍時，心愛的黛西嫁給了富豪湯姆，為了奪回黛西的心，蓋茲比也努力賺取財富。蓋茲比與黛西重逢後，仍然無法奪回她，最終因為一場誤會被湯姆情婦的丈夫槍殺。而蓋茲比舉行葬禮的那一天，包含黛西在內，幾乎沒有人來參加。

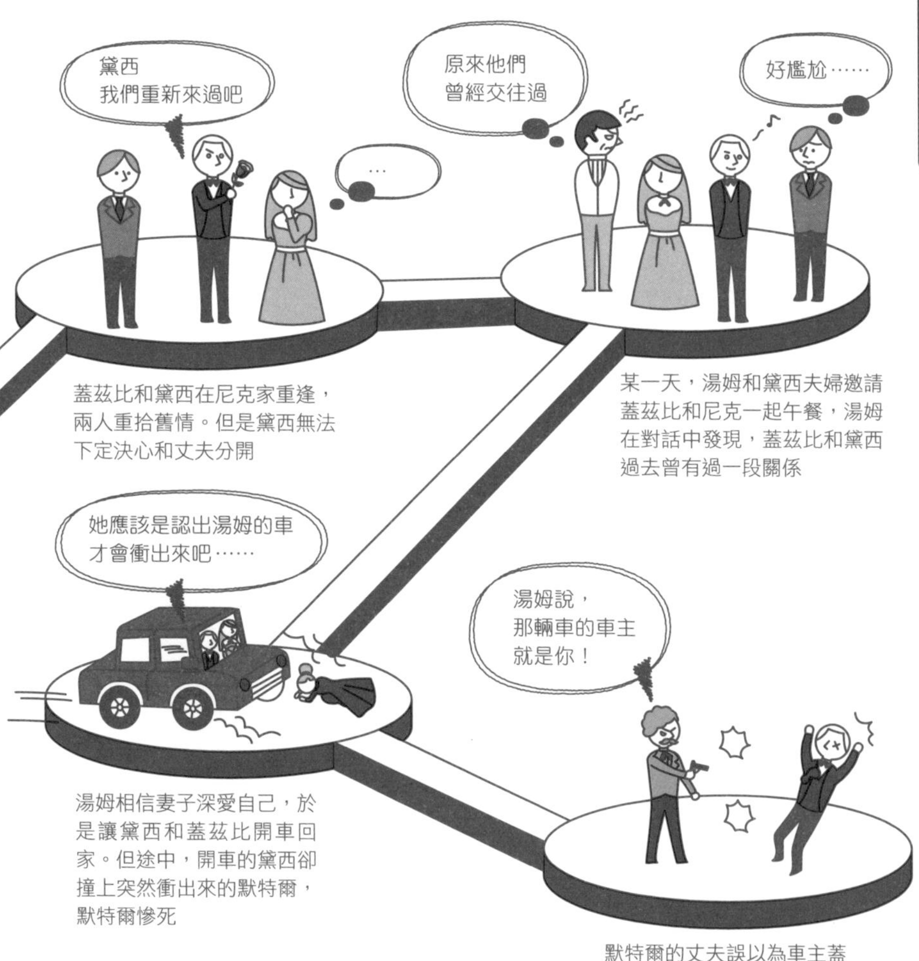

19 追憶似水年華

馬賽爾・普魯斯特

《追憶似水年華》是足以代表20世紀的傑出小說作品。普魯斯特耗費半生寫成，也被稱為作者心靈層面的自傳。

《追憶似水年華》是法國作家普魯斯特的長篇鉅作，全書分七卷。一般認為敘事者「我」，其實正是代表作者自己。「我」追想過去自己的經歷，從無意識的回憶之中找出永恆的事物，在這段過程裡，不同主題相互輝映、堆疊，並透過獨特的長文架構而成。本作品與卡夫卡和喬伊斯的作品並列為開創20世紀文學最重要的作品。作者寫作時，獨自閉關在以軟木隔音的房間，拖著罹患氣喘的病軀持續書寫，直到病逝。

追尋自身文學天份的漫長旅途

第一卷

在斯萬家那邊

主角「我」回想起小時候在貢布雷度假時的光陰。那有兩條步道，分別通往城鎮裡的紳士斯萬家與和貴族蓋爾芒特家。另外「我」也想起與兩個家族有關的回憶

第二卷

在少女們身旁

「我」陷入愛河後又失戀了，對象是斯萬與高級妓女奧德的女兒希爾貝特。後來，「我」與祖母一起去了諾曼第海岸，在那裡遇見一群美貌少女，其中一位少女阿爾貝蒂娜特別吸引人

第三卷

蓋爾芒特家那邊

「我」一家人為了祖母的健康狀況，搬到巴黎蓋爾芒特家一隅。祖母不久後死去，「我」和阿爾貝蒂娜重逢。「我」被邀請到蓋爾芒特公爵夫人主辦的晚宴，踏入上流貴族的生活中

半夜睡不著的「我」，因為回想起過去將瑪德蓮蛋糕浸泡在紅茶裡吃的滋味，於是想起了小時候在中產階級的斯萬家與貴族蓋爾芒特家的時光。後來，「我」與斯萬家的女兒成為初戀情侶，接著又與在避暑地相識的阿爾貝蒂娜產生感情。親眼見識了社交圈和同性戀關係，並體會了嫉妒和失去愛情等等滋味之後，「我」因為在蓋爾芒特家被石板地絆倒，過去種種回憶清晰地浮現，終於體悟到自己應該要好好為「重現的時光」寫一部小說。

索多姆和戈摩爾

「我」目睹了蓋爾芒特公爵的弟弟夏爾留斯與裁縫師之間的同性戀情。不久後，「我」開始與阿爾貝蒂娜同居，暗中懷疑她也是同性戀者（戈摩爾之女），內心深為嫉妒所苦

女囚

「我」開始在巴黎和阿爾貝蒂娜同居，因為懷疑和嫉妒作祟，兩人時常起爭執。正當「我」思考是否該跟阿爾貝蒂娜分手，她卻搶先一步離開了「我」

第六卷

女逃亡者

「我」為了找回從身邊離開的阿爾貝蒂娜四處奔走，但是卻收到阿爾貝蒂娜投靠的蓬當夫人（阿爾貝蒂娜的伯母）來信，得知阿爾貝蒂娜墜馬身亡的消息

第七卷

重現的時光

第一次世界大戰後，「我」回到巴黎，不小心被石板地絆倒。那一瞬間，過去的回憶鮮明湧現腦海中。這個體驗讓「我」發現自己的文學天份，決心要動筆寫一部偉大的小說

聲音與憤怒

威廉‧福克納

以實驗性手法書寫並掌握書中主角的「意識流」，20世紀美國文學代表之作。

《聲音與憤怒》是福克納的代表作品，另外還著有《八月之光》（※1）、《押沙龍，押沙龍！》（※2）。本書以密西西比州的一個虛構地點傑弗生（約克納帕塔法郡）為背景，描寫了歧視與慾望、性和罪惡等瀰漫在美國南部社會的糾結氛圍。作品分為四個部分，每部分的敘事者不同，「意識流」以及時序錯亂倒置等大膽的實驗性手法是本作品的特色所在。作品標題引用自莎士比亞的戲劇作品《馬克白》。

康普生家的兒女

康普生家是南北戰爭中的英雄人物──康普生將軍的後代，在美國南方是名門望族，但南北戰爭之後，家族名望也逐漸沒落。

昆丁‧康普生三世
康普生家的長男。讀哈佛大學的菁英分子，但精神有些問題

凱達斯（凱蒂）‧康普生
性格大膽、縱情慾望，哥哥昆丁因而自殺。最後被逐出家門

傑生‧康普生四世
康普生家的次男。種族歧視份子，1912年成為康普生家的家長

班傑明（班吉）‧康普生
智能障礙的幼子。被家人視為恥辱，但凱蒂對他十分溫柔

※1《八月之光》…以虛構的城鎮傑弗生為背景，描寫黑白混血兒喬侵犯了親黑人派的老女人並殺了她，後來自己也被制裁的故事。

※2《押沙龍，押沙龍！》…以《舊約聖經》中的押沙龍故事為題材，是福克納中期的代表作品。《聲音與憤怒》中的昆丁是本作裡的敘事者。

1928年4月7日，康普生家智能障礙的幼子班吉在參觀高爾夫球賽時，突然回想起與姊姊凱西一起度過的時光。1910年6月2日，在哈佛讀書的長男昆丁因為妹妹凱蒂的放蕩生活而感到絕望，最後自殺。1928年4月6日，扛起一家經濟重擔、性格自私的次男傑生，為了阻止姪女（凱蒂之女）私奔而緊追不捨。1928年4月8日，傑生想找到偷錢的姪女，但卻遍尋不著，失望地返回家中。

走向沒落的南部望族

◀第一部（1928年4月7日）
敘事者是幼子班傑明，他講述康普生一家過去發生的事件，以及他與少數溫柔待他的人——姊姊凱蒂之間的回憶

我必須跟那個
讓妹妹懷孕的傢伙對決

第二部（1910年6月2日）▶
敘事者是長男昆丁。他對縱情性慾的妹妹凱蒂感到頭痛，腦中充斥著與妹妹發生關係的幻想，最後因為精神疾病投水自殺

◀第三部（1928年4月6日）
敘事者是次男傑生。被趕出家門的妹妹凱蒂每月都為了女兒（密斯・昆丁）寄贍養費回家，但是錢卻被傑生偷偷拿走

Lord, have mercy!

上帝應該會出手
拯救班吉才對吧

第四部（1928年4月8日）▶
敘事者是黑奴一家的女性家長迪爾西。傑生雖然竊取了密斯・昆丁的贍養費，但密斯・昆丁將這筆錢偷回去，並與江湖藝人私奔了。傑生立刻追上，但後來還是找不到兩人

憤怒的葡萄

約翰・史坦貝克

一部隱含強烈社會批判意識、具有里程碑意義的作品。諾貝爾文學獎得主史坦貝克的代表作品。

《憤怒的葡萄》是美國作家史坦貝克所寫，榮獲普立茲小說獎的作品。小說以經濟大蕭條為背景，描寫不向大環境屈服的人性光輝。因為暴風沙導致農地荒蕪，再加上大地主引入機械化量產農法等原因，小佃農一家人不得不離開故鄉，踏上殘酷嚴苛的旅途。本作品被拿來與舊約聖經的《出埃及記》相比，佃農一家人的故事和描述惡劣大環境的文字在作品中交互出現，隱含強烈的社會批判意識。作品暢銷的同時，也引發了社會討論。

被資本家操弄的約德一家人踏上殘酷旅程

因為犯下殺人罪而坐牢的湯姆，終於回到故鄉。但因為家人在奧克拉荷馬州的生活遇到困境，因此他們決定要往新天地加州出發。但在66號公路上，先是祖父母衰弱死去，接著表兄弟逃離，等到終於到達加州，在那裡等著他們的卻是被大地主剝削的悲慘處境。某天，一名男子襲擊了倡議罷工的牧師凱西，而遭湯姆殺害，於是湯姆展開逃亡。湯姆決定要延續凱西的遺志，但一家人的住處卻遇上豪雨⋯⋯。

雨季來臨。約德一家居住的營地被洪水侵襲。在這種惡劣的生存環境下，羅絲莎倫的孩子胎死腹中，約翰叔叔將死嬰丟棄到洪水裡

提防被沖壞了！
洪水要來了

為了躲避洪水，約德一家人逃到山丘上的小屋。他們在那裡遇見一個快要餓死的男人和少年。羅絲莎倫在母親的要求下，以自己的乳汁餵食衰弱的男子，臉上露出了神祕的笑容

我要為貧窮的
人民而戰！

一家人一邊保護湯姆，一邊以採棉花的工作維生。但是湯姆為了不要牽累家人，因此獨自躲入森林，決定要繼承凱西的遺志

為了找工作，一家人往北方移動。他們在桃子園再次遇到牧師凱西。凱西因為提倡罷工，而在湯姆的面前被殺死。湯姆也被迫展開逃亡

這種旅程
我再也受不了⋯⋯

懷有身孕的長女羅絲莎倫之夫科尼逃跑了。而一家人終於抵達國營農場後，發現那裡真如傳聞一般，薪資低且工作艱困

你！
這樣是妨礙公務

加州

你現在是假釋期
要是再被抓到
就要回監獄了

約德一家人終於穿越沙漠，抵達加州。但因為旅途過於疲勞，祖母也衰弱而死。後來，牧師凱西為了掩護假釋期的湯姆，遭到逮捕

異鄉人

阿爾貝・卡繆

這部作品以冷靜又抽離的筆法寫出人生的荒謬虛無，是諾貝爾文學獎得主阿爾貝・卡繆的小說。

《異鄉人》是阿爾及利亞裔法國作家卡繆的小說作品，他以抽離情緒的筆法描寫主角莫梭的故事。莫梭對於母親的過世毫不在意，因為捲入紛爭而犯下殺人罪後，自稱理由是因為「太陽太刺眼了」。然而他被宣判死刑後，卻無懺悔之意，只覺得幸福滿足。本作品被譽為荒謬主義文學代表作，以冷靜眼光凝視因為誠實面對自己而不為社會所接受的「異鄉人」。作者卡繆雖然被大眾視為存在主義者，但他否認這樣的看法，在與沙特經歷論爭後劃清界線。

殺人動機是「因為太陽太刺眼了」……

住在阿爾及爾的莫梭，某天收到養老院來信告知，自己的母親過世了

在母親葬禮的隔天，莫梭和女友去了海水浴場、看了電影並做愛

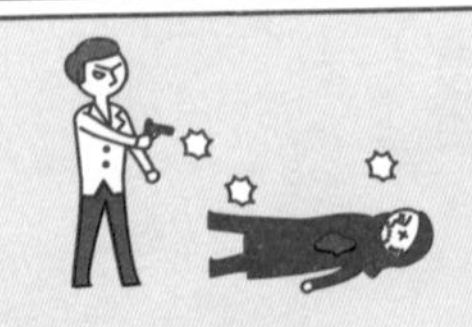

某天，莫梭因為捲入朋友的麻煩事之中，因此槍殺了一個阿拉伯人

莫梭說，自己的殺人動機是「太陽惹的禍」。此外，他在母親葬禮隔天的玩樂行程曝光，因而被判處死刑

小王子

安托萬・德・聖修伯里

描寫一位意外降落在沙漠的飛行員和一位從其他星球降臨的小王子之間的心靈對話，世界級暢銷書。

《小王子》是法國飛行員兼作家聖修伯里的代表作品，譽為「寫給大人看的童話故事」。作者以充滿詩意的方式描繪一位意外降落在沙哈拉沙漠的飛行員，遇到一位從小行星來到地球的小王子後，兩人之間的交流互動。在作品中，除了名言「重要的東西，眼睛是看不到的」之外，還充分闡述了人與人之間的愛與羈絆、生命的尊貴等價值觀。作品受到全球讀者歡迎，成為暢銷作品。後來，作者在一次執行偵察任務途中，於地中海上空失去訊號，從此失蹤。

為了探尋愛穿梭宇宙、最後回星球的王子

因為引擎故障而迫降到撒哈拉沙漠的飛行員「我」，遇見了一位從某個小行星來的王子

在小王子住的星球上，有三座火山、跟一顆大到幾乎要割裂星球的巨型麵包樹，還有一朵玫瑰花

某天，小王子和玫瑰花吵架，因此離開星球。他拜訪了六個住著奇怪大人的星球後，來到了地球

小王子在地球上看到了巨大的火山和玫瑰花叢，他想，自己行星上的火山和玫瑰花竟然到處都有，因而哭了起來

這時出現一隻狐狸。小王子邀牠一起玩耍，但狐狸說，你必須要先馴服我，我們才能一起玩

聽到狐狸說的話，小王子終於明白，星球上的玫瑰花和其他的玫瑰花不一樣，是獨一無二的

小王子決定回去星球。他讓蛇咬了之後，就把肉體遺留在地球上，回去自己的行星了

戰地春夢

厄尼思特・海明威

《戰地春夢》是海明威的代表作品。本書以第一次世界大戰時的義大利為背景，描寫戰爭所導致的悲劇。

本作品是「失落的一代」代表人物、美國作家海明威以自己在第一次世界大戰中，擔任紅十字會救傷隊的從軍體驗為基礎所寫成的長篇小說。作者以獨特的冷靜精煉筆法描寫了美國中尉與英國女護士的悲劇愛情故事以及著名的「卡波雷托戰役」，揭露了戰爭的殘酷真相，是極具代表性的戰爭文學作品。小說標題引用自英國詩人皮爾的作品。

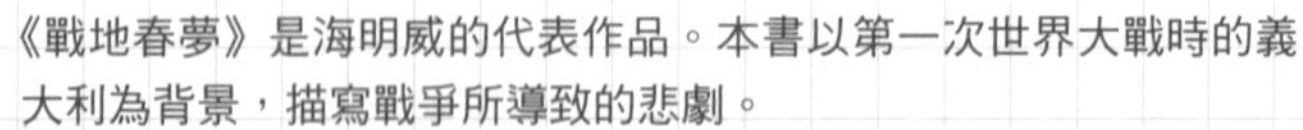

自願投身戰場的年輕人所體驗的愛與悲劇

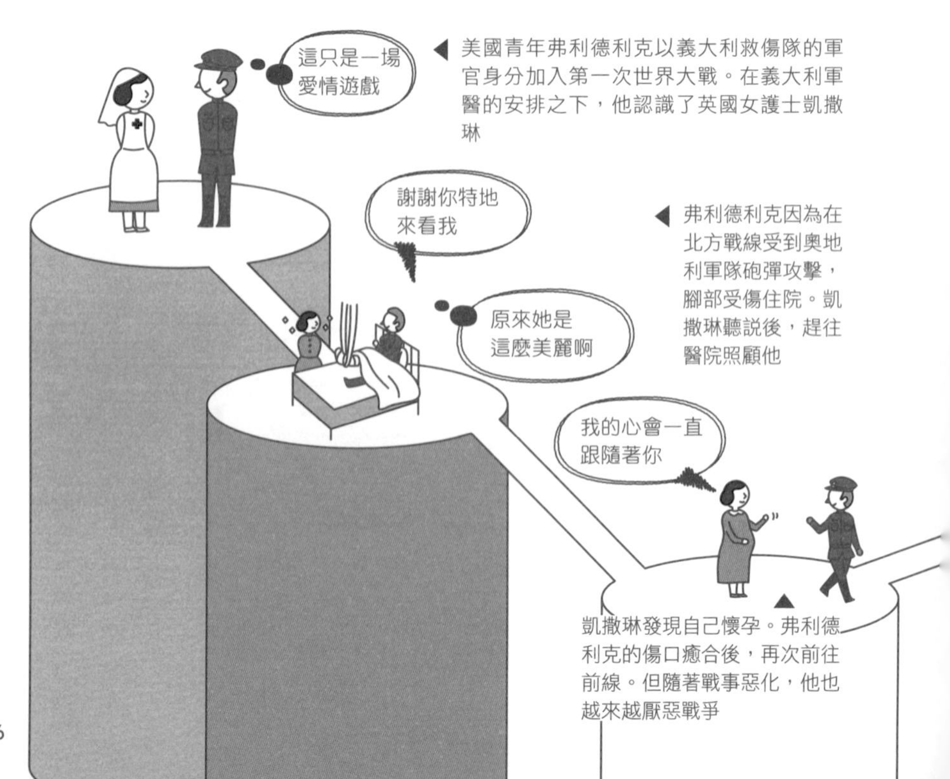

◀ 美國青年弗利德利克以義大利救傷隊的軍官身分加入第一次世界大戰。在義大利軍醫的安排之下，他認識了英國女護士凱撒琳

◀ 弗利德利克因為在北方戰線受到奧地利軍隊砲彈攻擊，腳部受傷住院。凱撒琳聽說後，趕往醫院照顧他

▲ 凱撒琳發現自己懷孕。弗利德利克的傷口癒合後，再次前往前線。但隨著戰事惡化，他也越來越厭惡戰爭

在第一次世界大戰中，自願加入義大利軍隊的美國人弗利德利克遇見了護士凱撒琳，兩人陷入熱戀。不久後，弗利德利克發現了戰爭的真相與原先的想像相差甚遠，因此感到幻滅。弗利德利克在逃亡過程中，決定「個別談和」地放下戰場生活，選擇凱撒琳度過一生，並在米蘭與凱撒琳重逢。兩人逃往瑞士後，度過了一段平穩的生活，但不久之後，凱撒琳因為難產而喪命。同時失去愛人與孩子的弗利德利克在大雨中，獨自離開醫院。

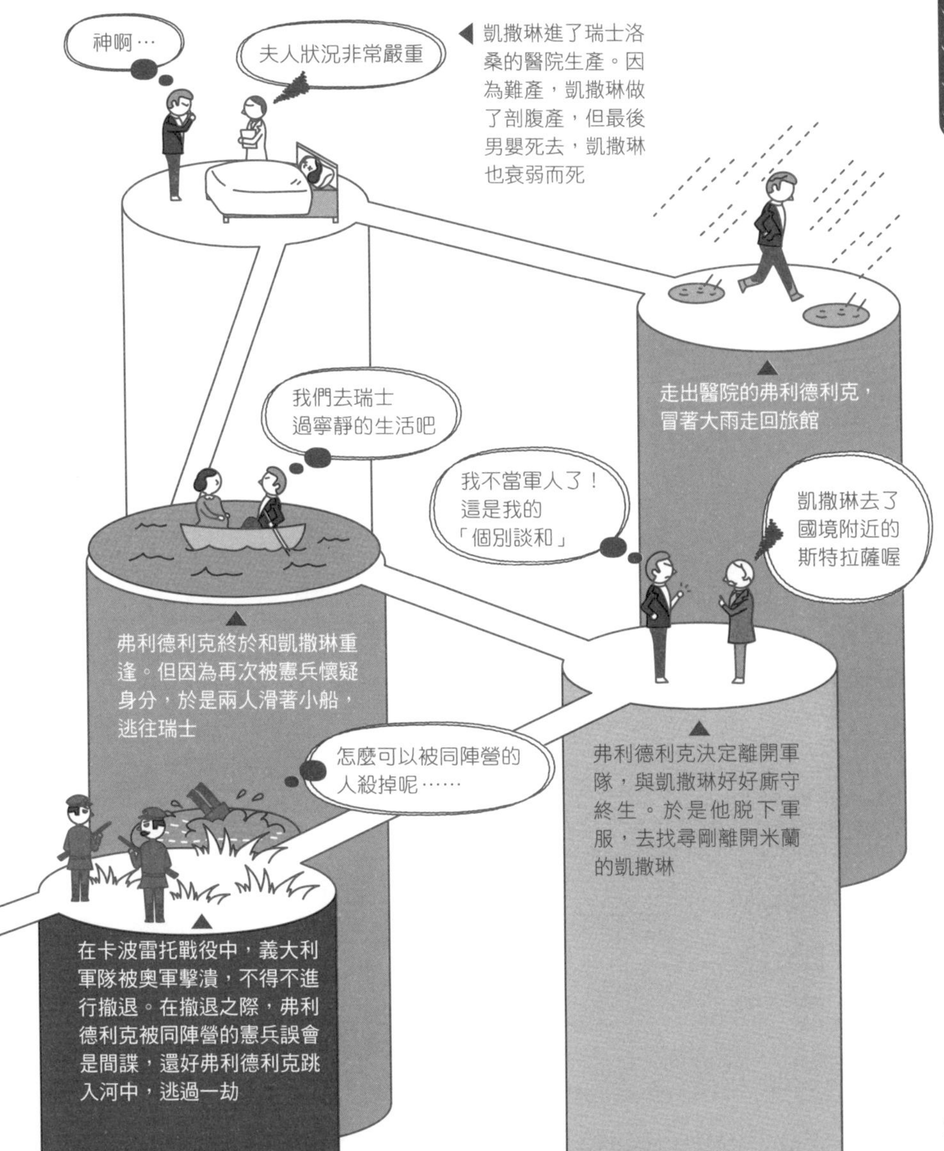

背景 俄羅斯 初版時間 1957年

齊瓦哥醫生

鮑里斯・巴斯特納克

描寫被俄羅斯革命影響命運的醫生和愛人的悲戀大河小說，在舊蘇聯曾因內容被視為「反革命」而長期成為禁書。

《齊瓦哥醫生》是蘇聯詩人、作家巴斯特納克的大河小說。他以俄羅斯革命為背景，描寫主角齊瓦哥醫生的感情故事，以及當人類受到大環境逼迫，不得不改造思想時，仍然追隨內心而活的樣貌。在蘇聯時代，本書被視為具有「反革命精神」因而成為禁書，直到1957年才在義大利出版，為世人所見（蘇聯則是在1988年才解禁）。此外，因為蘇聯共產黨的壓迫，作者巴斯特納克婉拒諾貝爾文學獎的事件也非常有名（但最後還是頒給了他）。

被戰爭和革命改變命運的一對戀人

幼時就失去雙親的尤里・齊瓦哥被家境優渥的親戚收養，與親戚家的女兒冬妮雅一起長大

聖彼得堡發生革命了……？

齊瓦哥成為醫生，並與冬妮雅成婚。隨著第一次世界大戰發生，齊瓦哥成為軍醫，在戰地聽到革命發生的消息

寡婦吉夏爾夫人的女兒拉娜，因被母親的情人、紳士科馬羅夫斯基誘姦，內心非常痛苦

為了找尋丈夫
那麼我就去當護士
前往戰地吧……

拉娜與青梅竹馬的戀人帕夏結婚，但當她向丈夫告白不堪的過去後，關係因此出現裂痕。丈夫於是自願從軍，遠赴戰場

已婚醫師齊瓦哥在第一次世界大戰發生時，前往戰場的軍醫院工作，在那裡遇見舊識護士拉娜，兩人墜入愛河。不久後，齊瓦哥回到莫斯科，因為布爾什維克派的崛起，導致人民生活越來越窮困，因此齊瓦哥移居到烏拉山。他在那裡體會到藝術之美，並且與拉娜和她的女兒重逢。經歷俘虜和逃亡生活的齊瓦哥，與拉娜的感情日益深厚。但最後，因為兩人的關係不被大時代所允許，遭到無情拆散。

此後餘生就讓我
把與拉娜的回憶化為詩吧……

尤里的家人移居莫斯科後，又離開俄羅斯了。尤里和拉娜重逢，在瓦雷金諾的別墅裡和拉娜母女同住

如果可以就此過著
寧靜的生活就好了……

但就在此時，科馬羅夫斯基出現在兩人面前。他邀請他們一起逃往安全的海參威。尤里送走了拉娜母女，自己留下，兩人就此訣別

我再也受不了
快逃吧……

齊瓦哥與游擊隊一起行動，他看見在白軍、游擊隊和人民之間不斷重複發生的殘酷虐殺，心生厭倦逃走了

你來當軍醫吧

什麼

齊瓦哥一面懷抱著罪惡感，繼續與拉娜來往。但後來，齊瓦哥被游擊隊抓住，送到西伯利亞當軍醫

完成任務的尤里回到莫斯科和妻子重聚，但是革命之後，家裡已經成為公共居住空間，住著陌生人

這裡已經
不是我的家了

我們在莫斯科
見過吧……

?

在戰場相識的尤里和拉娜深受彼此吸引。但尤里表白愛意後，拉娜卻不肯接受

沒想到竟然會在
這種地方重逢……

尤里逃離莫斯科，與家人一起移居瓦雷金諾，偶然又與拉娜重逢，兩人重燃愛火

百年孤寂

加布列・賈西亞・馬奎斯

本書是賈西亞・馬奎斯的代表作品。不僅是全球暢銷小說，更帶起了一波拉丁美洲文學風潮。

《百年孤寂》是哥倫比亞作家賈西亞・馬奎斯的小說，描寫了虛構城鎮馬康多從興起到滅亡的一百年間，居民邦迪亞一族人的故事。作者融合了寫實和幻想的各式奇幻事件，交織成為這部寫實魔幻主義經典之作。故事背景以賈西亞・馬奎斯的出生地——加勒比海沿岸的村莊阿拉卡塔卡為藍本。作品發表後成為在全球暢銷，帶起一波拉丁美洲文學風潮。

邦迪亞一族的百年故事

身為表親的荷西・亞克迪奧・邦迪亞和歐蘇拉不顧周遭反對，終於結婚了。但歐蘇拉害怕會因為近親血緣，生下帶有豬尾巴的小孩，拒絕與丈夫行房

邦迪亞因被嘲笑是性無能，他殺了嘲笑自己的男子，但此後，男子的冤靈開始現身，於是夫妻兩人決定離開村莊，一起去開墾新的城鎮馬康多

夫妻生下兩個兒子荷西・亞克迪奧、阿爾烈農和女兒亞瑪蘭塔，另外也收養了孤女莉比卡，努力發展馬康多

不久後，邦迪亞從吉普賽人手中得到煉金術道具，沉迷其中。長男荷西和吉普賽女人私奔，女兒亞瑪蘭塔則和養女莉比卡成為情敵

故事背景是一座小村莊，因為積年累月的近親結婚，孕婦竟然生下了長了豬尾巴的小孩。荷西・亞克迪奧・邦迪亞向害怕懷孕的妻子求歡被拒，因此被一位男人嘲笑。邦迪亞殺了男人，但到了夜晚，男人的冤魂就會現身。因此，夫妻與一行人離開村莊，經歷了一番流浪後，來到了新天地「馬康多」開墾。夫妻倆在那裡孕育生命，隨著族人代代繁衍，馬康多也逐漸發展。但最後因為有人違反了禁止近親結合的家訓，馬康多也迎向毀滅。

THE END…

擁有豬尾巴的孩子，出生不久後就死了。他的屍體被一大群螞蟻搬走，而邦迪亞一族也跟著馬康多一起滅亡

豬的尾巴……

——在這一百年中
因為愛
而受孕的孩子
還是第一個

荷西之子阿克迪亞的雙胞胎兒子中，那位「彩券商人」的女兒雷娜塔・雷美迪奧斯的私生子倭良諾與阿姨私通，生下了長了豬尾巴的兒子

私奔的荷西回到馬康多。他與家裡的養女——也是妹妹莉比卡結婚，因此遭母親切斷母子關係。當父親邦迪亞去世時，小鎮天空降下了黃色的花朵

荷西之子阿克迪亞生下的雙胞胎兒子，一個成為政變首領，一個變成彩券商人。女兒瑞米迪娥擁有驚為天人的美貌，後來被風吹上天，消失無蹤

次男阿爾烈農與一名九歲女孩結婚，但妻子因為難產而死。在那之後，馬康多出現內亂，阿爾烈農成為自由派的主將，度過無數次危機

長男荷西之子阿克迪亞被次男阿爾烈農指派擔任村長兼司令長，以領導馬康多。但因為輸給保守派而被處刑

column No. 03

必備基礎知識

歐洲近現代名著

茱麗葉，或喻邪惡的喜樂

薩德侯爵
【背景】法國 【初版時間】1797年

由於常發生性醜聞，薩德侯爵的後半生幾乎是在監獄或精神病院度過。這部長篇小說描寫的是一位被修道院驅逐的少女茱麗葉與三位「教師」相遇，在體驗了各種不被社會允許的禁忌之事後，逐漸理解其中樂趣的過程。本作品是薩德侯爵在短暫釋放期間所寫成，然而他又因為這部作品入監。直到過世之前，都住在精神病院裡。

海因利・封・歐福特丁根

諾瓦利斯
【背景】神聖羅馬帝國（今德國）【初版時間】1802年

作者出身貴族階級，諾瓦利斯為其筆名。主角海因利因為忘不了自己在夢中見到的「藍花」而踏上旅程，並以極具幻想的筆法，描述出旅途中的所見所聞。而在旅程的終點，主角遇見了一位如同花朵幻化而成的女性。作品最後雖然沒完成，但是被譽為德國浪漫主義早期的代表作。

惡之華

夏爾・波特萊爾
【背景】法國 【初版時間】1857年

波特萊爾被尊稱為「近代詩之父」，並為後代的法國象徵主義詩人帶來極大影響。《惡之華》這部詩集，將詩人從誕生到死亡之間的過程，以頹廢且極具情慾的方式寫成。詩集初版時共有101篇，但正式發行之後，卻被告上法庭，其中6篇內容因為被認定妨害公共道德，最後被判刪除。

包法利夫人

古斯塔夫・福樓拜
【背景】法國 【初版時間】1857年

這部長篇小說被譽為近代法國文學金字塔頂端之作，作者福樓拜共花費4年半光陰寫成。年輕的愛瑪厭倦了平淡無聊的婚姻生活，一心嚮往小說般的愛情，因此沈溺於與多位男性之間的出軌情事。後來，她因一筆龐大債務，不幸遭被情夫背叛，最後服毒自殺。《包法利夫人》以寫實筆法描寫了嚮往浪漫卻被平庸現實擊敗的故事。

格雷的畫像

奧斯卡・王爾德
【背景】英國 【初版時間】1891年

美少年道林・格雷的容貌深深吸引了畫家巴索爾和縱情享樂的亨利勳爵。畫家為格雷繪製肖像畫，勳爵則帶領他沈溺於放蕩生活中。但格雷的外表絲毫沒有受到影響，反而是肖像畫相形之下越來越醜。這部長篇小說是王爾德的代表作品，透過肉體與靈魂的對比，探尋道德與藝術的價值。

肉體的惡魔

雷蒙・哈狄格
【背景】法國・巴黎 【初版時間】1923年

作者哈迪格從16歲開始書寫，18歲完成這部作品。19歲出版後，在20歲結束了生命。本書主角是15歲的學生「我」，1917年，當第一次世界大戰戰火正烈時，「我」遇見了19歲的瑪塔。瑪塔的未婚夫在戰場作戰，「我」與瑪塔的愛火也十分濃烈。本作品的創作靈感來自於作者與年長女性的不倫戀情，以極端冷靜的視角和筆觸寫成。

可怕的孩子

尚・考克多
【背景】法國 【初版時間】1929年

作者考克多除了是小說家，還是詩人、畫家、評論家、電影導演，身分多元。而本書原版的插畫也是作者親手繪製的。主角是一位14歲少年，作品中出現的眾多角色，例如主角傾慕的少年、姊姊、朋友、美少女等也都是同年紀的少年少女。《可怕的孩子》以戲劇化的方式描寫了青少年純潔卻又十分殘酷的小宇宙。

鐵皮鼓

君特・葛拉軾
【背景】但澤（今波蘭・格但斯克）【初版時間】1959年

第一次世界大戰後，但澤自由市從德國切割出來，成為一個在國際聯盟保護下的半獨立準國家。作者則是在此地度過童年時期。《鐵皮鼓》以但澤為背景，主角在作者出生那年長至三歲，從此之後就停止生長。本作品描寫了主角一路到30歲前的故事，同時也記錄了但澤在世界大戰前和大戰後的樣貌。

葉甫蓋尼・奧涅金

亞歷山大・普希金
【背景】俄羅斯 【初版時間】1833年

作者普希金出身貴族，卻因為發表了多首帶有政治色彩的詩作，屢次受到皇室政權打壓。本作品為詩體小說，柴可夫斯基的同名歌劇也十分出名。故事主軸是主角與貴族千金的戀情，但因為詳盡描寫了當時俄羅斯上流社會和下層階級的生活方式和風俗習慣，被稱為是「俄羅斯社會的百科全書」。

櫻桃園

安東・契訶夫
【背景】俄羅斯 【初版時間】1903年

契訶夫特別擅長寫短篇小說，為當時流行長篇小說的俄國文壇帶來一股新意。《櫻桃園》是契訶夫在晚年時寫成的劇作。描寫一位女性地主沉浸在過往榮華之中，不願正視家族沒落的事實。地主之女則決心拋下過去，自力更生。櫻桃園最後淪為拍賣物，被新興起的暴發戶買走。作品藉由人物之間的對比，描寫大時代和命運的無常。

column No. 04

必備基礎知識

南北美近現代名著

頑童歷險記

馬克・吐溫
【背景】美國 【初版時間】1884年

馬克・吐溫以《湯姆歷險記》一作成名，《頑童歷險記》則是其續篇。本作品完成度高，層次已超越一般來說的兒童文學。作者將當代極具爭議性的社會議題置入文學作品中，特別是對種族歧視的批判意識和對文明開發與自然保護的對立價值觀等。甚至有評論認為，本作品稱得上是「美國的第一部文學作品」。

小城畸人

舍伍德・安德森
【背景】美國・俄亥俄 【初版時間】1919年

作者舍伍德・安德森被譽為美國文學史上，成功搭起土著文學和現代主義文學橋梁的重要角色。本作品是以溫士堡這個虛構的小城鎮為背景，以22則各自獨立的短篇小說，描寫受到大環境影響之下的居民與社會的變化。作為主角的青年在後續多部作品中也有出現，可以看出作者希望塑造系列作品的構想。

別的聲音、別的房間

楚門・卡波提
【背景】美國 【初版時間】1948年

作者楚門・卡波提在雙親離婚之後，輾轉在親戚家撫養長大。他以19歲時寫成的作品獲得歐・亨利獎後，便以年輕天才作家的姿態在文壇展露頭角。本作品是他第一部長篇小說，描寫一位少年為了找尋親生父親，拜訪了美國南部的小城鎮。作者將自身經驗投射到主角身上，將那份心境描寫得入木三分。作品以嶄新的敘事手法和充滿奇幻色彩的文體受到極高評價。

麥田捕手

J.D.沙林傑
【背景】美國・紐約 【初版時間】1951年

《麥田捕手》在全球銷量超過數千萬本，形成一股社會風潮，到現在依然熱度不減。作者沙林傑出生於紐約，第二次世界大戰時以陸軍身分遠赴歐洲前線。作品敘事者為一名17歲少年，他對於成人世界的狡猾和虛偽欺瞞感到不滿，因而作出許多批判。少年的觀點受到熱烈歡迎，影響跨越世代。

再見，哥倫布

菲利普・羅斯
【背景】美國 【初版時間】1959年

菲利普・羅斯是現代美國文學中的代表作家。本書以同名作品〈再見，哥倫布〉和另外五個短篇小説組成。〈再見，哥倫布〉描寫的是一位青年在泳池旁認識了一名女性，兩人在一個夏天內發生的短暫慾戀，以及當中的挫敗經驗。小説中的角色多半是與作者相同背景的猶太裔移民，作者鮮明地描繪了家人與世代間的拉扯關係。

虛構集

豪爾赫・路易斯・波赫士
【背景】無 【初版時間】1944年

作者波赫士層以圓圈、迷宮、無限等主題發表過許多短篇小説或詩作，但是從未寫過長篇小説。而他對文壇的影響不僅止於拉丁美洲，更遍及全球。《虛構集》以17篇作品構成，內容富有想像力，包含虛構的國家、人物、書信等都出現在作品當中。不只是一部具有幻想色彩的短篇小説集，也是波赫士的代表作品。

跳房子

胡利奧・科塔薩爾
【背景】法國・巴黎、阿根廷・布宜諾艾利斯 【初版時間】1963年

胡利奧・科塔薩爾從幼年到三十五歲左右都住在阿根廷，後來移居巴黎，直到過世前都待在那裡。儘管如此，他依舊是拉丁美洲文學的代表作家之一。本作品有兩種讀法，第一種是從按照順序從第1章讀到第56章，第二種是依照作者指定的方式閱讀。尤其是第二種讀法，更能讓讀者對作者的苦惱心境產生共鳴。

失去了的足跡

阿萊霍・卡彭鐵爾
【背景】委內瑞拉 【初版時間】1953年

卡彭鐵爾年輕時曾在法國與超現實主義的作家群來往，因此，在他的作品中可以看到「魔幻現實主義」的影子。本作品描寫的是一位住在都市的音樂家，前往委內瑞拉大河上游，尋找出現在那裡的原始樂器。音樂家跨越了空間和時間，並為這座未開發的樂園心炫神迷，但是依舊無法捨棄現代社會中的自己。

佩德羅・巴拉莫

胡安・魯佛
【背景】墨西哥 【初版時間】1955年

胡安・魯佛雖然只出版過兩本書，但是對後代作家的影響甚大，並被譽為20世紀最傑出的西語作家。《佩德羅・巴拉莫》的主角「我」來到可馬拉這個死靈之城，找尋未曾謀面的父親佩德羅・巴拉莫。「我」透過與各個徘徊在街上的幽靈對話，終於發現父親已經死去，也瞭解了父親的一生。

青樓

馬里奧・巴爾加斯・尤薩
【背景】祕魯 【初版時間】1966年

巴爾加斯・尤薩以本部作品奠定了他在拉丁美洲文學中的代表地位，並在2010年獲得諾貝爾文學獎。《青樓》以77則片段構成5個故事，結構精密。故事以妓院「青樓」、修道院和印地安部落等地為背景，透過原住民與外來者、原始與文明、聖地與俗世等對比，描寫了複雜的祕魯社會風貌。

column No. 05

經典科幻小說

海底兩萬里

儒勒・凡爾納
【背景】法國 【初版時間】1870年

「科幻小説之父」凡爾納的海洋冒險羅曼史。故事發生在1866年，一群海洋生物學家為了調查襲擊船隻的謎樣巨大生物而前往大西洋，發現那個怪物竟然是神祕的尼莫船長所駕駛的潛水艇鸚鵡螺號。

童年末日

亞瑟・C・克拉克
【背景】英國 【初版時間】1953年

20世紀科幻小説代表作家之一克拉克的代表作品。地球上方出現了一艘龐大的外星船艦，名為「主宰」（Overlord）的外星人從此開始統治地球。他們希望將地球塑造成理想的社會環境，但是卻……。

夏之門

羅伯特・A・海萊因
【背景】美國 【初版時間】1957年

本作在日本非常受到歡迎，是海萊因的代表作品。故事背景是1970年的洛杉磯。主角丹被親信的夥伴背叛，透過人工冬眠沈睡了30年。醒來之後，他竟發現「時光機器」的存在！

世界大戰

H・G・威爾斯
【背景】英國 【初版時間】1898年

威爾斯與凡爾納並稱為「科幻小説之父」，《世界大戰》是他的知名作品。在觀測到火星出現氣體大爆發的六年後，一個巨大圓筒狀的物體降臨到地球上，原來，那是為了侵略而來到地球的火星人。

泰坦星的海妖

寇特・馮內果
【背景】美國 【初版時間】1959年

馮內果的第二部作品，描繪人類終極命運的動人作品。倫法德擁有如同上帝一般可以操縱人類命運的力量，他從全美第一富豪馬拉吉坎斯特手中奪走財富和記憶，並將他流放到太陽系，但是……。

索拉力星

史坦尼斯勞・萊姆
【背景】波蘭 【初版時間】1961年

萊姆的代表作品，曾經兩度被改編為電影。索拉力星的表面被一片神祕的海洋包覆，心理學家凱文被派到這裡調查真相並解開謎團。但他自己卻被這片海洋引起的各種不可思議的現象給迷惑了。

日本文學

從古典文學到戰後文學，
我們嚴選多部有知識涵養的年輕人
應該要知道的日本經典文學作品。
建議你可以先從《鼻子》、《檸檬》、《山月記》等
這些好讀的短篇作品開始看起。

01 古事記

稗田阿禮、太安萬侶

現存最早的日本歷史及文學著作。其價值曾經長久被忽視，到了江戶時代，在本居宣長研究之下才又受到關注。

《古事記》是日本最早的歷史著作，編撰於和銅5年（712年），共分上中下3卷。由於記載了從古至大化革新（646年）歷史的《帝紀》等書籍被焚燒遺失，天武天皇平定了壬申之亂（672年）後，為了要將正統日本歷史傳至後代子孫，決議編纂此書。稗田阿禮接受任務指派，將史料記誦下來，再由太安萬侶整理成文，呈奉給元明天皇。相對於720年完成的《日本書紀》（※1）是以漢文編寫並向海外國家傳播，而本書則是以近似日語的變體漢文撰寫而成。

天地神明的誕生與日本建國故事

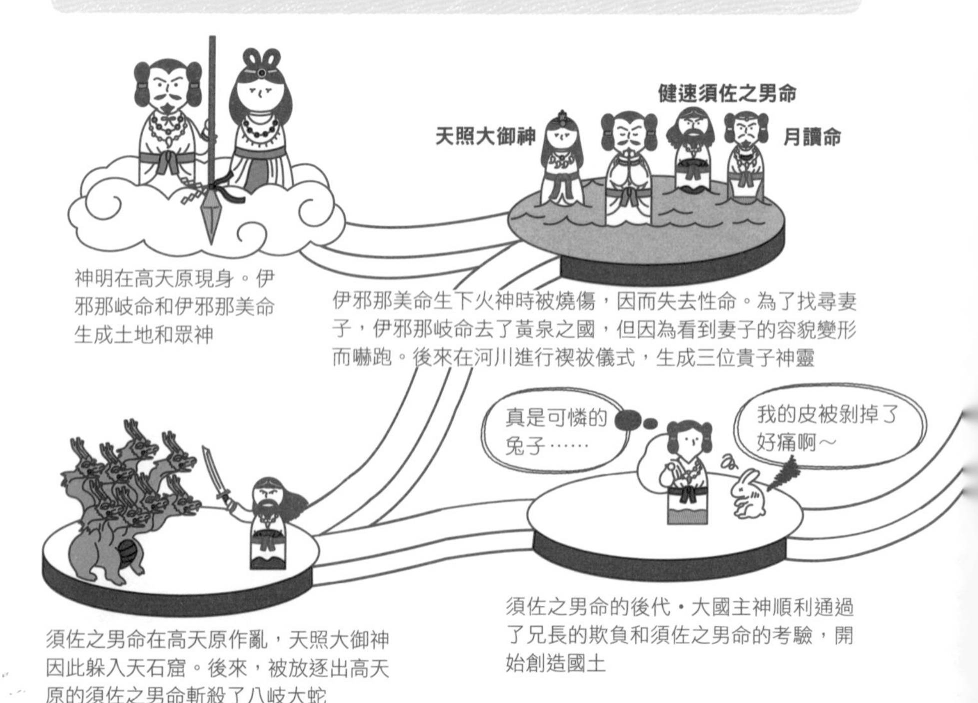

《古事記》上卷起始於開天闢地之時，從伊邪那岐命和伊邪那美命兩位男女神生成日本列島，寫到日本國家建設和神武天皇東征。中卷從神武天皇寫到第15代的應神天皇。下卷從第16代仁德天皇寫到第33代推古天皇，記載了各時期平定國家和皇位繼承的過程。雖然主要目的是作為日本建國神話，闡述天皇統治日本的歷史原因並頌揚其正統性，但因為書中包含了倭建命等知名的神話傳說，因此作為文學和啟蒙書閱讀也饒富趣味。

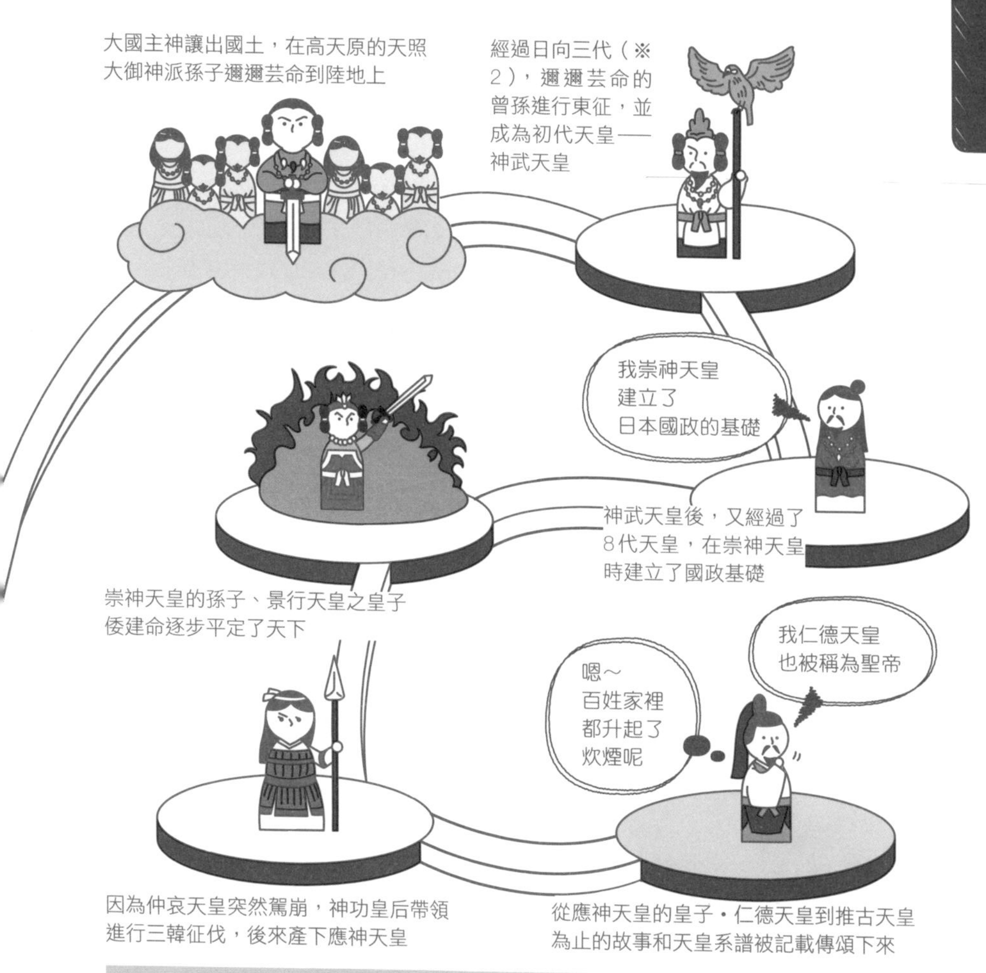

※1《日本書紀》…與《古事記》相同，都是因為天武天皇之命令而編纂，是日本最早的正史。和《古事記》合稱「記紀」。

※2日向三代…指邇邇芸命、火遠理命（山佐知毘古）、鵜葺草葺不合命三代，而鵜葺草葺不合命的皇子則是第一代天皇神武天皇。

02 源氏物語

紫式部

皇子光源氏為了追尋亡母的身影，與各式各樣的女子發生戀情的故事。世界現存最古老的長篇小說。

《源氏物語》是世界最古老的一部長篇小說，由平安時代中期的女性作家兼和歌作家紫式部所寫成。根據歷史記載，紫式部在973～1014年左右有所記錄，但是她的本名和確切生卒年皆不詳。紫式部在丈夫藤原宣孝過世後，近30歲時動筆寫作。後來，藤原道長肯定她的文學造詣，在道長的協助之下，紫式部在11世紀初期，完成了這部由54卷構成的龐大長篇作品。《源氏物語》不僅寫盡了愛、性和權力爭奪等人性欲望，也描繪出當時日本貴族的生活樣貌。

不斷追尋亡母身影之貴公子的一生

平安時代，身為皇帝第二皇子的光源氏擁有俊秀外表和出眾才華，但他卻在幼時就失去了母親桐壺。後來，皇帝納了一位與桐壺非常神似的女性藤壺為妻，光源氏因此深深欽慕著她。長大後的光源氏，便如此追尋著兩位母親的身影，與各式各樣的女子產生情感關係。然而因為內心思念一直無法得到滿足，最後竟與藤壺私通。而在權力爭奪之中，享盡榮華富貴的光源氏，到了晚年終於理解到世事無常。《源氏物語》描寫了包含光源氏逝世後，長達約70年的故事。

平家物語

信濃前司行長（？）

描述平家一族由繁盛逐漸轉為衰弱凋亡的軍紀物語，被譽為日本文學史上最傑出的作品。

《平家物語》是描寫平家一族盛衰變化過程的軍紀物語，據說是鎌倉時代、13世紀中期前成書。確切作者不詳，有一說認為是信濃前司行長所著。普遍認為，作者是將琵琶法師口述的故事內容紀錄梳理下來，而現今也存在多種版本的文本。《平家物語》為後代文學史帶來很大影響，例如近松門左衛門的人形淨琉璃《平家女護島》等就是以本作品為題材寫成。作品開頭文句「祇園精舍的鐘聲」非常知名。

驕奢平家勢力不久長

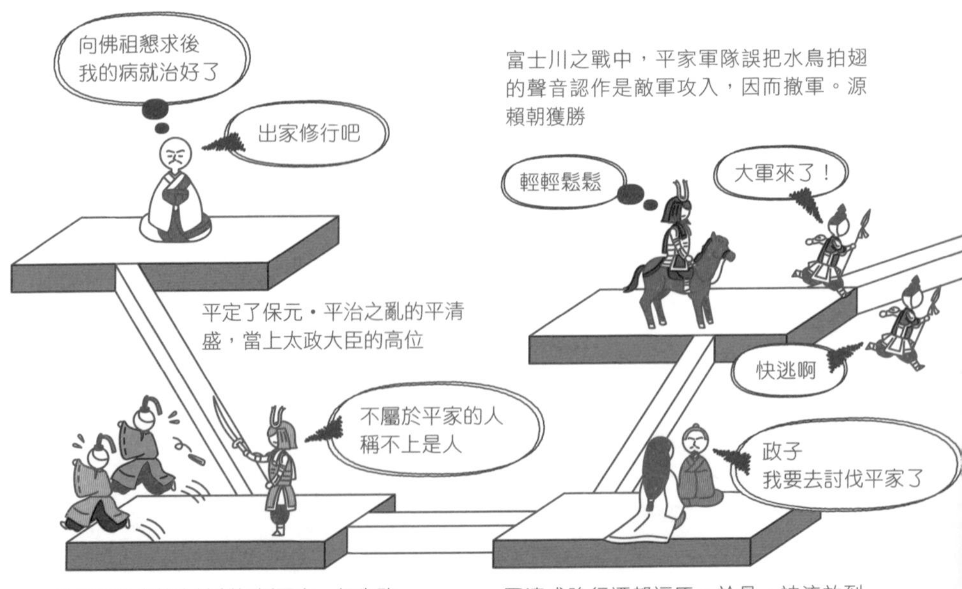

在故事一開始，說書人就點出，世間所有事物都重複著誕生與變化的輪迴，一旦觸及繁華頂端，隨後必將會衰亡，而驕奢者的命運就如同夢幻一場，正如平清盛的故事。平家一族隨著權勢不斷擴張，掌握了龐大的政權，並享盡榮華富貴。但後來卻因為平清盛的惡行招致反感，最後在壇之浦戰役中被源氏的軍隊打敗，導致平家一族滅亡。作品中也描寫了貴族的沒落和武士勢力崛起，而觀點較偏袒源氏一方。

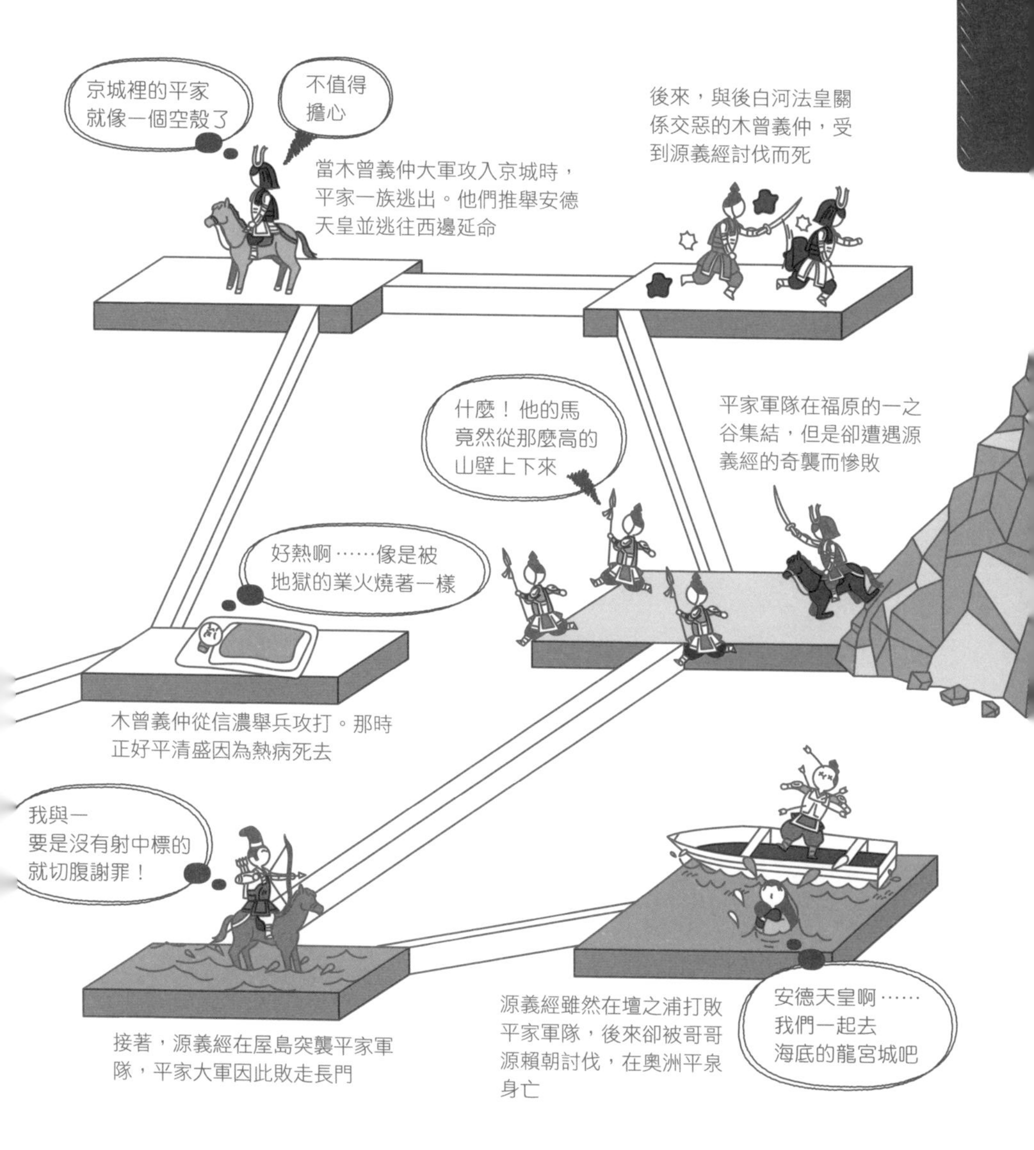

04 太平記

小島法師（？）

描寫自鎌倉時代末期至南北朝中期，橫跨50餘年戰亂過程的軍記物語。

《太平記》這部軍記物語描寫了長達50多年的南北朝戰亂時代，全書共40卷。一般認為是由多位作者寫成，書寫時間一直持續到14世紀左右的室町時代為止。整部作品以佛教的因果報應論與儒教的君臣倫理為中心思想，為後代的日本文學、庶民文化和思想帶來很大影響。《太平記》與《平家物語》被並列為日本軍記物語兩大傑作，而從作品中也可窺見《平家物語》帶來的影響。另外，也看得到許多與史實不同的人物，或是從古典文學引用而來的文句及思想。

天皇家的分裂與不停歇的亂事

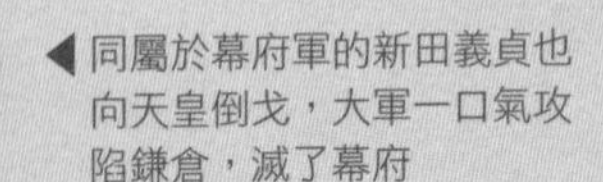

全書可分為三大部分。第一部（第一～十一卷）描寫的是後醍醐天皇打算從武家奪回政權，因此推動了討伐鎌倉幕府行動。第二部（第十二～二十一卷）是北條氏滅亡帶來王政復興，足利尊氏和新田義貞等討幕派人士進行了內戰，以及武家意欲奪回政權，還有最後的後醍醐天皇駕崩。第三部（第二十三～四十卷）描繪的是武家的內鬥亂事，也就是足利家兄弟對立導致的內亂和其終結。

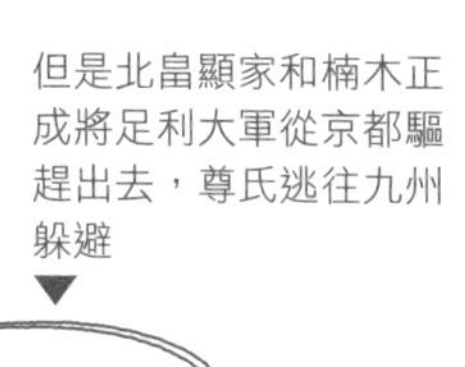

但是北畠顯家和楠木正成將足利大軍從京都驅趕出去，尊氏逃往九州躲避

尊氏在九州與官軍作戰並獲勝，因此帶著大軍再次返回京都。在湊川之戰中，楠木兄弟自殺。隨後，義貞逃往北陸，後醍醐天皇逃往吉野（南朝）

光明天皇在京都（北朝）即位。不久，新田義貞戰死，後醍醐天皇也駕崩。楠木正成之子正行也敗給足利軍的高師直，戰死沙場

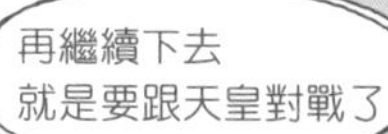

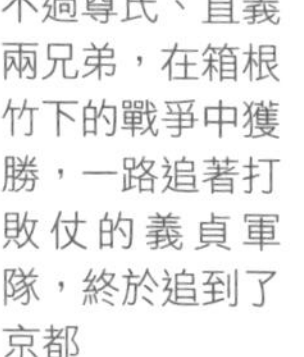

不過尊氏、直義兩兄弟，在箱根竹下的戰爭中獲勝，一路追著打敗仗的義貞軍隊，終於追到了京都

尊氏之弟義直與南朝聯手討伐高師直，而尊氏追捕直義，並殺害了他

駐守京都的尊氏嫡子義詮被趕離，關東地區新田義貞的嫡男義興等人勢力竄起。不過尊氏後來還是獲勝，義詮也奪回京都

尊氏因為腫瘤身亡。在那之後，紛亂依舊不斷，但隨著細川賴之成為管領並輔佐義滿將軍，世間終於慢慢平穩

浮雲

二葉亭四迷

明治時代初期以言文一致文體寫成，在當時來說是全新創舉，因此成為日本近代小說先驅之作。

二葉亭四迷是明治時代作家，發表於1887～89年的《浮雲》是他的首部長篇小說。《浮雲》中所使用的正統寫實主義手法與言文一致文體，對當時的日本文壇來說都是創舉，可說是近代小說先驅之作。二葉亭四迷與坪內逍遙私交深厚，也受到他許多影響。《浮雲》內容隱含著對坪內逍遙作品《小說神髓》、《當世書生氣質》的批判，但二葉亭四迷對於這部作品並不滿意，後來選擇進入官場，中間大約有20年不再動筆。

品行良好但不通人情世故的青年之煩惱

內海文三在15歲就失去父親，隨後被叔叔孫兵衛領養。雖然文三的成績優異，但因為不懂人情世故，因此嬸嬸阿政始終瞧不起他。文三後來不幸被裁員，但非常懂得如何巴結上司的同事本田卻升官了。而原本和文三情投意合的堂妹阿勢，這時也開始對本田產生興趣。面對這樣的狀況，文三雖然思考了各種對策，但依舊不知該如何是好。

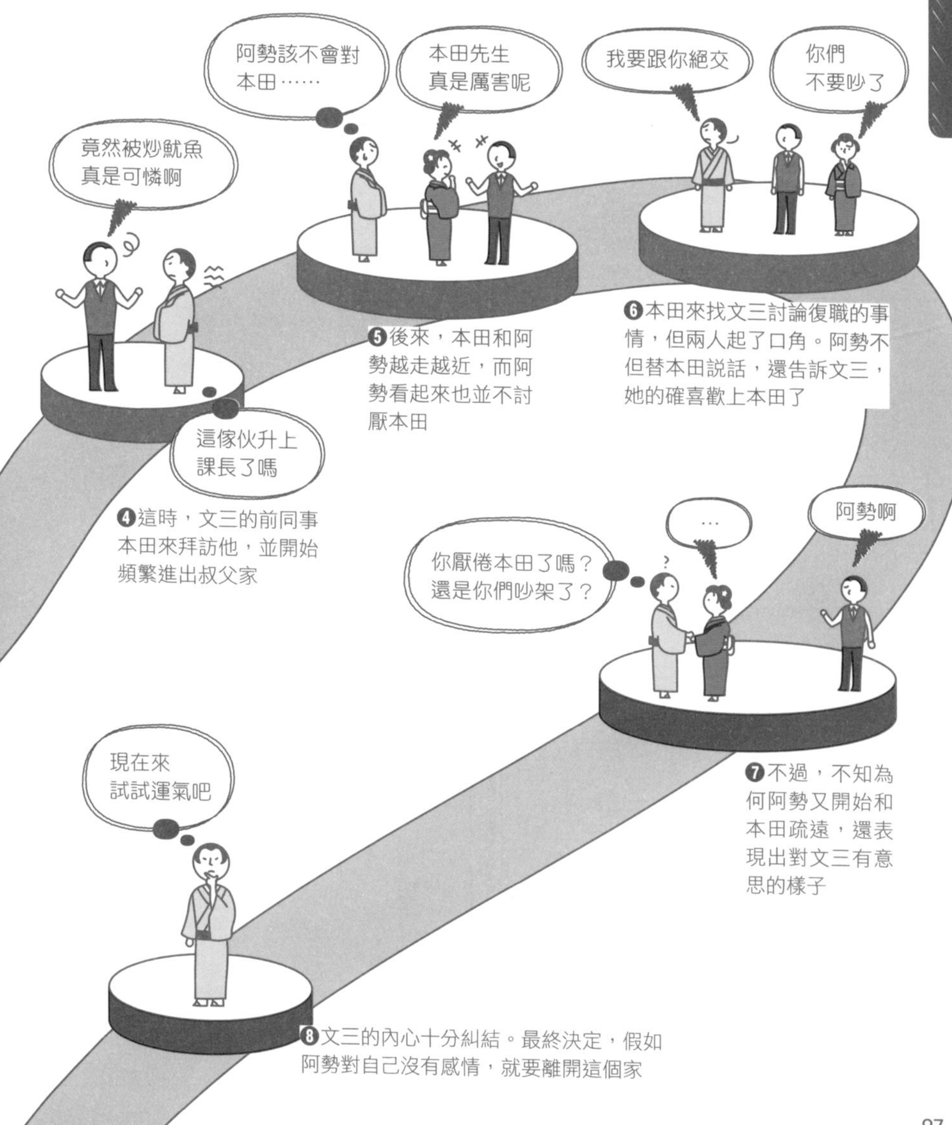

背景 京都 初版時間 1916年

高瀨舟

森鷗外

透過高瀨舟罪犯之告白，討論了慾望、安樂死等人類普遍的共通議題。森鷗外的代表作品。

明治至大正時期的作家森鷗外身分多元，除了寫作，他還是評論家、翻譯家及陸軍軍醫。《高瀨舟》是森鷗外在1916年發表於雜誌《中央公論》上的短篇時代小說，取材自江戶時代神澤杜口所寫的隨筆集《翁草》其中一篇故事〈流浪犯人的故事〉，討論人類的慾望和安樂死等富爭議性的議題。森鷗外還寫了《高瀨舟緣起》來解釋這篇小說，日本許多國文教科書也收錄了這篇作品。

不像罪犯的罪犯為什麼會犯下殺人罪？

一寬政時期，同心的羽田庄兵衛負責護送犯人，這次坐上船的人是殺了親弟弟的喜助。喜助雖然犯了殺人罪，但是情緒卻平穩異常，表情也很自在開心。看到這樣的他，庄兵衛覺得很不可思議

京都奉行配下的同心・羽田庄兵衛是高瀨舟上的解差，負責護送被判流放孤島的犯人回大阪。然而這次庄兵衛押解的犯人喜助，卻滿臉喜悅，和以往的罪犯完全不同。庄兵衛百思不得其解，因此詢問喜助。喜助的無欲無求，讓庄兵衛發現自己的貪心與不知足。此外，庄兵衛從喜助口中聽到他殺人的原因，竟然是因為要幫助久病厭世的弟弟早日解脫，因而對於是非對錯開始有了不一樣的思考。

五某天，當喜助回到家，赫然發現弟弟倒在地上，脖子上還插了一把剃刀。喜助猶豫著是否要帶弟弟去看醫生，但因為想讓痛苦的弟弟早點解脫，因此將剃刀拔了出來。沒想到正好被附近的老太婆看到了

背景 東京　初版時間 1909年

從此以後

夏目漱石

透過描寫「高等遊民」長井代助的苦悶，探尋近代知識份子的徬徨。本作品是夏目漱石前期三部曲之一。

《從此以後》是夏目漱石42歲時的長篇小說，曾在東京、大阪的《朝日新聞》連載。在這部作品之前，夏目漱石的小說大多都是像《少爺》這樣以懲惡勸善為主軸、節奏輕快的作品，但從《從此以後》開始，則是趨於描寫近代知識分子在三角關係、奪人所愛等人性和偽善之間的猶疑和徬徨。本作品在1985年曾改編為電影，由森田芳光導演、松田勇作主演。《三四郎》（※1）、《從此以後》、《門》（※2）合稱為夏目漱石的前期三部曲。

違反天性的高等遊民與之後的故事

※1《三四郎》…三四郎是從熊本到東京讀書的學生，本作品以三四郎和都市女性美禰子之間的愛情故事為主軸，描繪了當時東京的風土民情和人民生活樣貌。

※2《門》…宗助和阿米雖是一對感情很好的夫妻，但是這段關係背後卻隱藏著奪友之愛的黑暗過去。小說描寫了這對希望躲避社會目光、低調生活的夫妻之悲哀。

在企業家父親的金錢資助之下過活的「高等遊民」長井代助，某日與從大阪來到東京的友人平岡和他的妻子三千代重逢。三千代原本是由代助介紹給平岡的，但是代助卻再次感受到三千代對自己的吸引力有多深，煩惱著到底該順著內心渴求，還是該遵守社會道德規範。最後，代助終於決定要奪走三千代。但是就在此刻，三千代的身體出了狀況，代助的父親也決定和他斬斷父子關係，無職的代助面臨到找工作的難題。

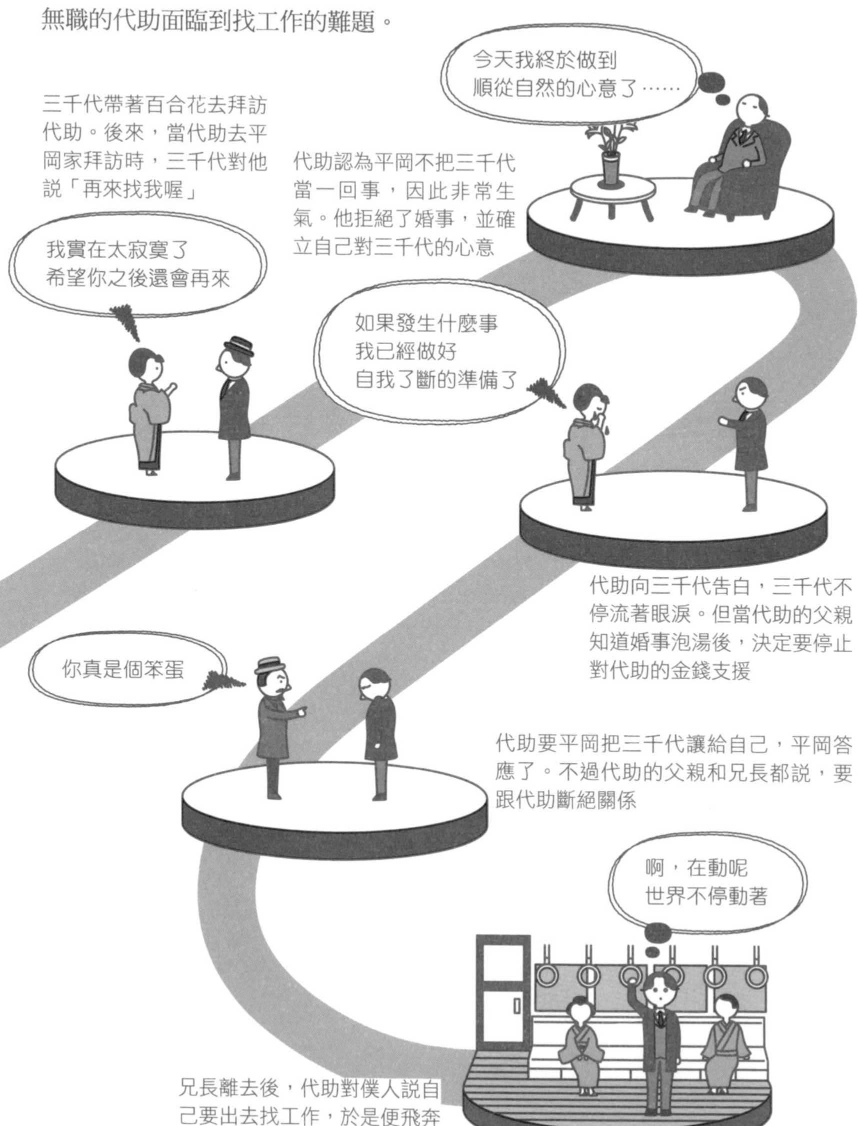

08 心

夏目漱石

背景為明治時代，描寫過去背叛了朋友的「老師」的內心苦痛。被譽為夏目漱石文學作品最高傑作。

夏目漱石在作品《行人》中，書寫了自我與外界的拉扯以及潛藏心底的罪惡意識等議題，而《心》則是進一步將這些議題挖掘得更深，是他晚年的代表作品。在《心》中，分別從兩個角度描寫因背叛好友而選擇自殺的「老師」之孤寂內心，前半部是透過「我」這個學生的角度描寫，後半部則是透過「老師」的遺書呈現。據說，夏目漱石的這部作品是受到殉死明治天皇的乃木希典之影響。《彼岸過迄》(※1)、《行人》(※2)、《心》合稱為夏目漱石的後期三部曲。

因為愛情犧牲友情、為此痛苦多年的老師

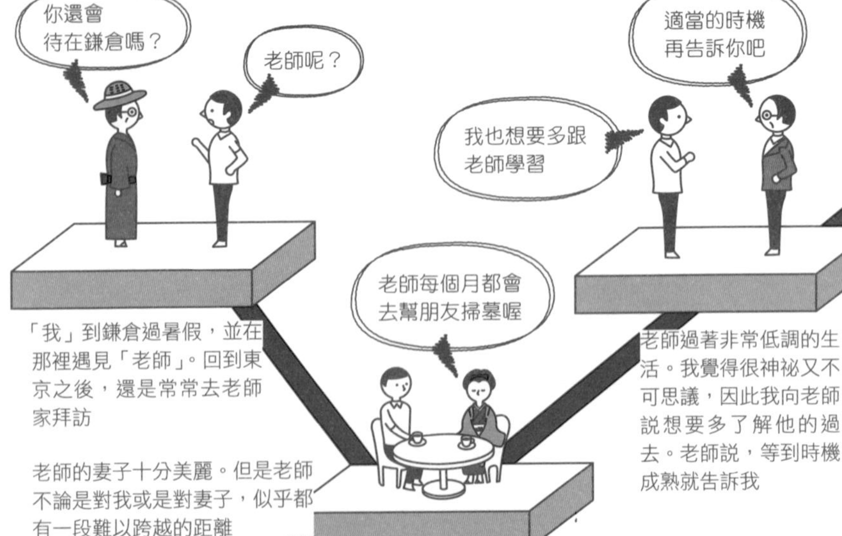

※1《彼岸過迄》…描寫內向青年須永和天真爛漫的表妹千代子之間的愛情。這是夏目漱石在嚴重咳血的「修善寺大病」後書寫的作品。

※2《行人》…一郎將研究學問當作是一生的終極目標，他雖然愛著妻子，但卻無法信任她，因此感到痛苦。這部小說描寫的是近代知識份子內心的孤獨與糾結，共分四章。

在鎌倉過暑假的「我」，認識了「老師」。回到東京之後，「我」也常常到老師家拜訪。老師和美麗的師母過著寧靜平穩的日子，但是不知為何，老師每個月都會去替友人掃墓。老師的生活非常低調，常常會跟「我」分享很多人生道理。因此，「我」也開始對老師的過去感到好奇。大學畢業後，「我」回到故鄉，在父親病危的那一天，收到一封來自老師的長信……。

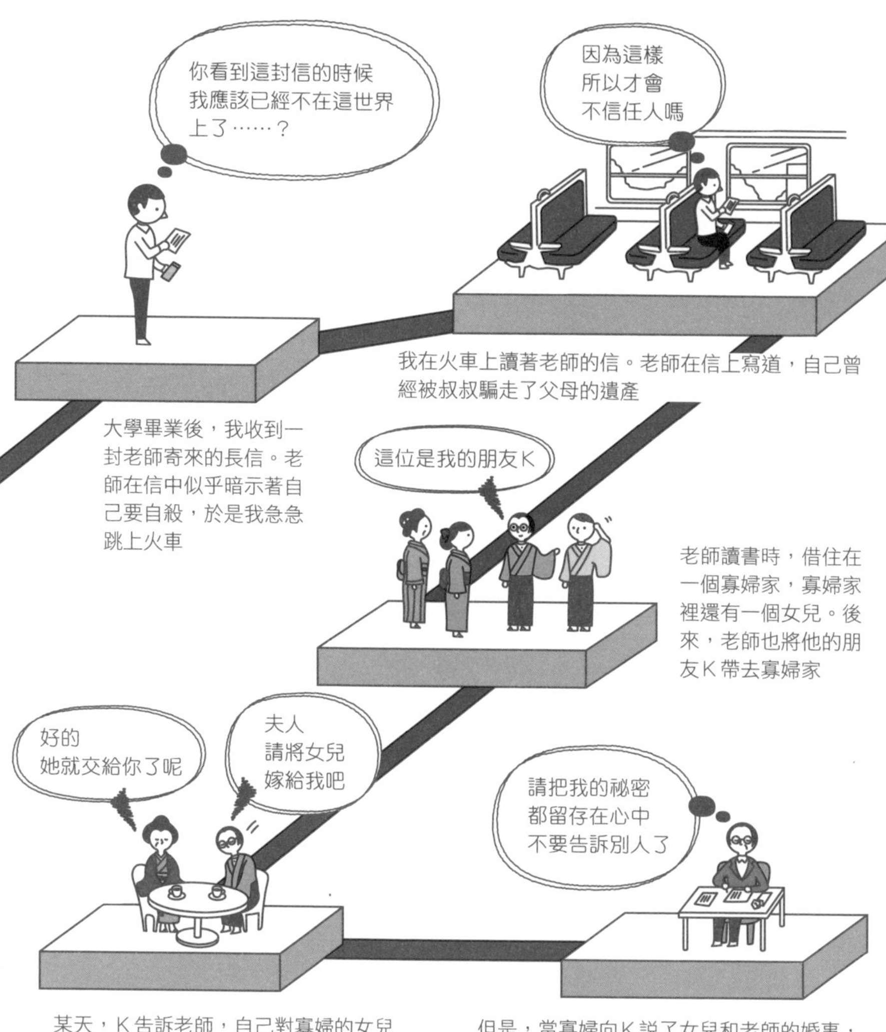

09 青梅竹馬

樋口一葉

明治時期小說家樋口一葉的代表作。描寫出生在吉原花街的少女與僧侶之子的青澀愛戀。

《青梅竹馬》是24歲即早逝的女性作家樋口一葉代表作品。樋口一葉在17歲時就失去父親，雖然生活貧困，但是她在私塾累積學養，並在1892年發表第一部小說《闇櫻》。1895年，她發表了小說《青梅竹馬》，運用過去在東京下谷開設糖果雜貨店的經驗，以吉原花街一帶為場景，描繪出即將成為妓女的少女和將成為僧侶的少年之間的青澀感情。樋口一葉在同年因肺結核而死，而她在文壇活躍的時期又被稱為日本文學史上「奇蹟的14個月」。

吉原的少年少女向青春時代告別

鼻子

芥川龍之介

僧侶的臉上竟然長著巨大的鼻子！芥川龍之介透過這則故事描寫了人類的愚蠢。本篇小說受到夏目漱石的大力讚賞。

《鼻子》這篇短篇小說是芥川龍之介還在就讀東京帝國大學時，發表於同人誌的早期作品。因為受到夏目漱石極力讚賞，芥川龍之介順利進入文壇。這則故事跟同一年發表的作品《芋粥》和第一部短篇小說集的同名作品《羅生門》相同，都是從以平安時代為背景的故事集《今昔物語》、《宇治拾遺物語》得到靈感，被歸類於「王朝文學」之中。一位擁有巨大鼻子的僧侶，如何應對外界的眼光？作者透過這個故事，描寫了人類內心的幽微。

為長鼻子自卑的和尚與人類的自我中心

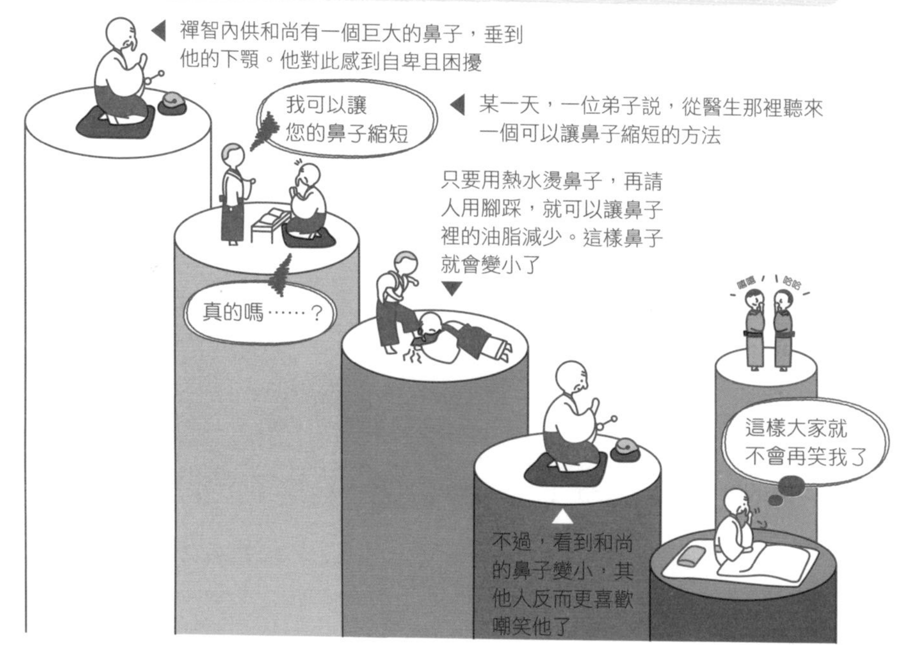

檸檬

梶井基次郎

這部小說描寫了一位憂鬱青年的瘋狂幻想與內心世界，是梶井基次郎的第一部作品，也是他的代表作。

梶井基次郎因為罹患肺結核，31歲便離開人世。1925年，梶井基次郎與朋友一起創辦同人誌《青空》，而他發表於雜誌創刊號卷首的短篇小說《檸檬》，也成為他的代表作。罹患肺病又背負債務的主角「我」，內心被一股不明所以的憂鬱籠罩。「我」去水果店買檸檬，因為檸檬的觸感而驚奇不已，因此產生一連串的妄想。甚至把檸檬看作是定時炸彈放在書店裡，幻想檸檬爆炸的景象。本作品描寫出富有詩意和想像力的內心世界，非常具有原創性，受到極高評價。

趕走莫名憂鬱的檸檬和「我」的幻想世界

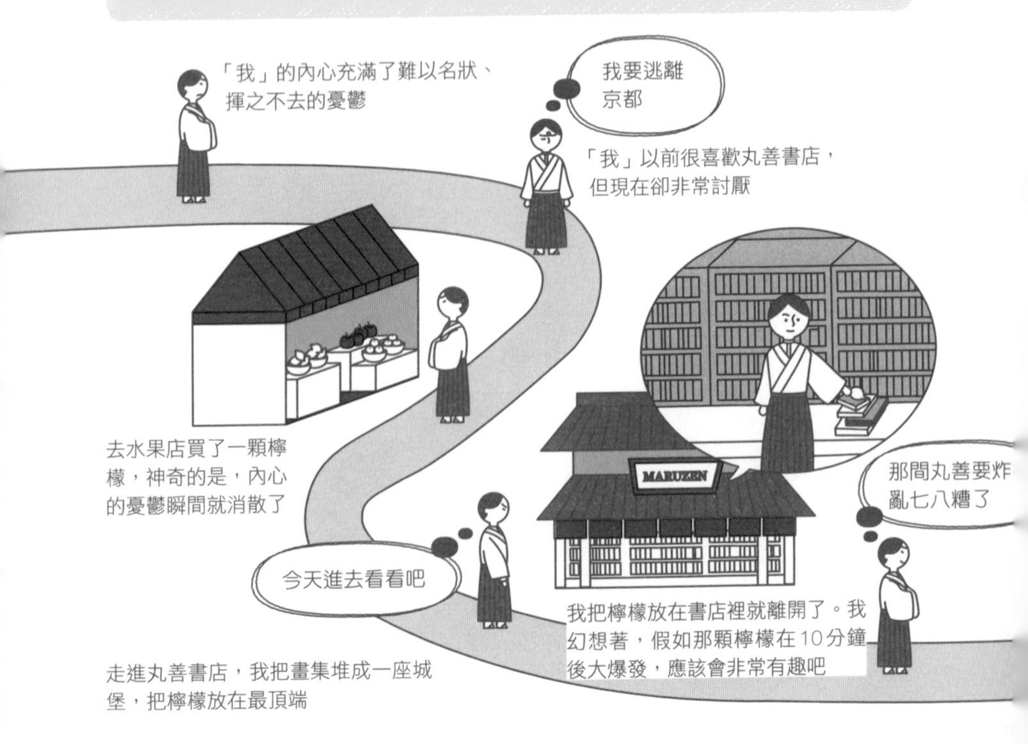

春琴抄

谷崎潤一郎

一位三味線琴師的僕人，為琴師全然奉獻了自己。作者透過這段關係，描寫虐戀者至高無上的愛情。

小說家谷崎潤一郎活躍於明治末期到昭和中期，是日本近代文學代表作家之一。《春琴抄》是他在1933年發表的中篇小說，描寫失明且性情激烈的三味線琴師春琴和一生侍奉她的僕人佐助。佐助對春琴的奉獻情感幾近異常，這段虐戀畸情背後隱含的女性崇拜，以及男女之間極致的愛情引起廣大迴響。自從1935年首度改編為電影後，也常被改編為影像或舞台劇。作者將斷行和標點符號極簡化的做法，也創造了獨特文風。

僕人佐助以身貫徹了極致愛情

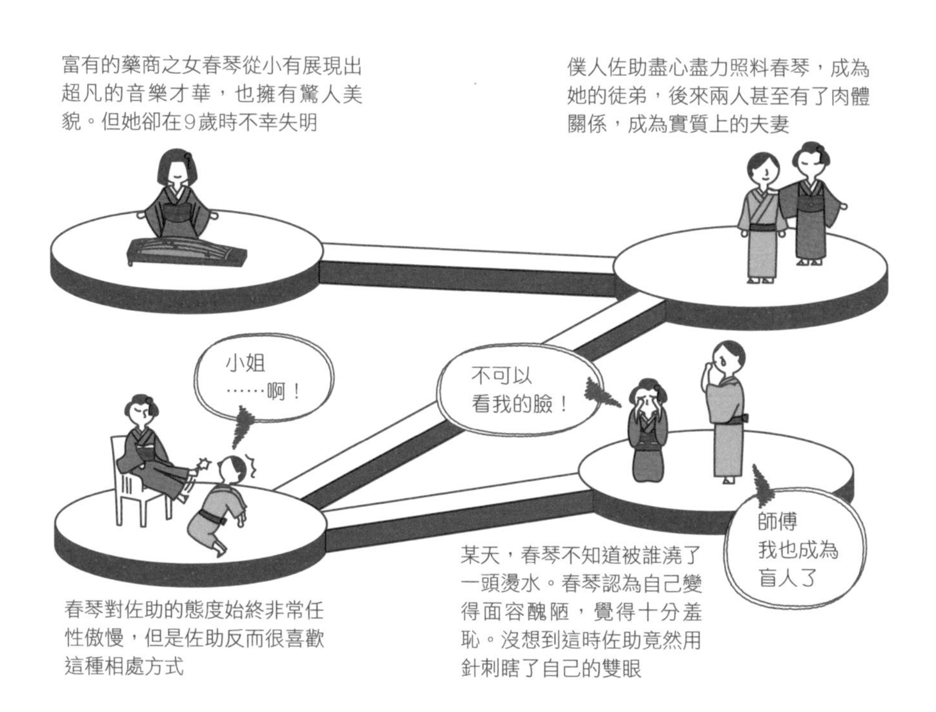

背景 馬籠·東京等地　初版時間 1932～1935年

黎明前夕

島崎藤村

這部作品是島崎藤村以自己父親的故事為藍本寫成的長篇小說，被譽為近代歷史文學中的最高傑作。

《黎明前夕》是詩人、小說家島崎藤村於1929～35年陸續發表在雜誌《中央公論》上的長篇小說，也是他最後一部長篇，整部作品共分為兩部分。他在作品中描寫了幕府末期到明治維新這段激烈變化的時期中，各階層人民的樣貌。小說中的主角是以藤村的父親為藍本，他是馬籠宿本陣與庄屋的掌管人，但是卻游移於武士、百姓、農民的立場之間，到最後挫敗夢醒。「每座山裡都有木曾路」──作品開頭的這句話非常有名。

從幕末到明治，夢想破滅的國學家之悲劇

青山半藏是木曾馬籠宿經營了17代的本陣、庄屋當家，他鑽研平田篤胤的國學研究，醉心於王政復古思想

尾張藩對於森林的使用限制是不對的！

半藏很同情下層階級人民的處境，他認為，如果山林可以像古時候一樣，誰都可以自由運用，那麼人民的生活應該會過得更好

因為鬱鬱不得志，半藏的精神狀況越來越不好，後來竟然犯下放火未遂事件。村民將半藏關在精神病患的隔離所裡，最後他衰弱而死

青山半藏生於木曾路馬籠宿的大戶人家，他認同提倡回歸古代日本精神的國學家——平田篤胤之思想，期待明治維新後的新時代來臨。半藏為了理想四處奔走，但是卻發現了理想與現實的差距。失去工作，並被時代所淘汰的半藏，最後在絕望之中發瘋，死在牢中。這部作品描寫的是1853年佩利黑船來航，一直到1886年之間的傳記故事，但作為歷史小說或社會小說來研讀也非常具有價值。

暗夜行路

志賀直哉

《暗夜行路》是志賀直哉耗費長達17年的時光才完成的長篇小說，被譽為白樺派文學的高峰作品之一。

志賀直哉是白樺派代表作家之一，特別擅長私小說和心境小說，《暗夜行路》則是他唯一的長篇作品。包含中斷期，他總共耗費17年才完成這部作品，並在1921～37年間斷斷續續發表於文學雜誌《改造》上。最初，志賀直哉是受到夏目漱石的請託，原本要以《時任謙作》為題，並採自傳小說的形式在報紙上連載，但卻取消了。後來因為經歷了與父親和解的人生階段，他重新思考題材內容和標題，因此重新書寫作品。

出生的祕密與妻子的背叛

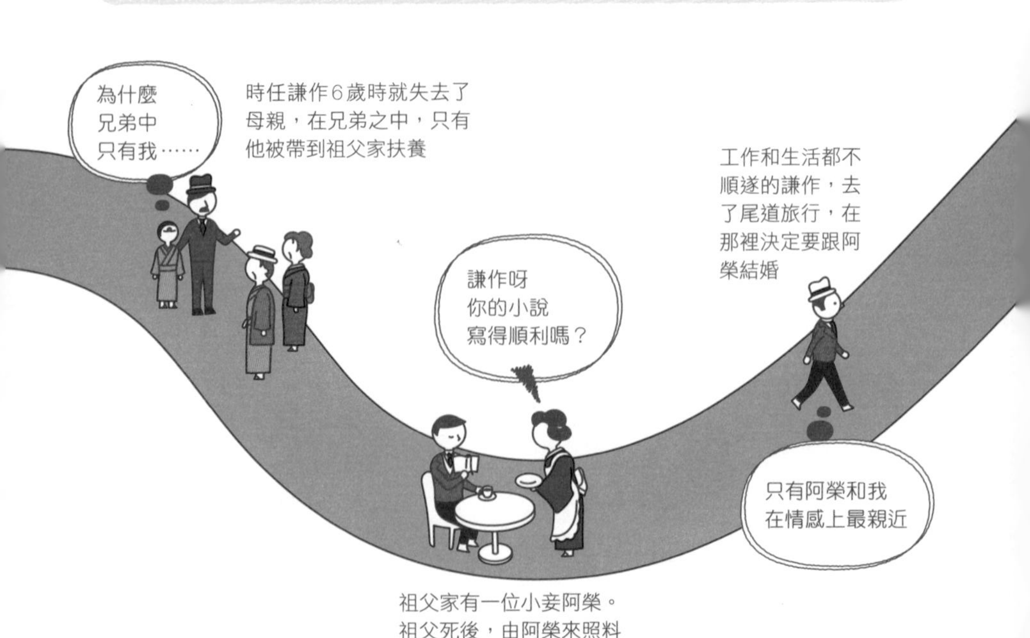

過著放蕩日子的小說家時任謙作想要重整生活，一心希望能與祖父的小妾、細心照顧自己的年長女性阿榮結婚。但當他發現，自己其實是祖父和母親生下的私生子後，感到非常痛苦。他從尾道搬到京都，在那裡認識了直子並與她成婚，不過直子卻在他出遠門時與堂兄私通，再次打擊了他。難以原諒妻子的他，獨自到了鳥取・大山靜心修養，在大自然中終於得到心靈的平靜。《暗夜行路》對於大自然的描寫非常精彩，是近代日本文學代表作之一。

雪國

川端康成

在日本美學的基礎之上，細膩描繪出內心景緻和男女的心情，在海內外都獲得好評的長篇小說。

《雪國》是諾貝爾文學獎得主、近代日本文學代表作家川端康成，在1935～37年間斷斷續續發表的長篇作品。一般將1940～47年間發表的續作包含在內，方視為完整作品。以雪國的溫泉勝地為背景，川端康成以細緻的心理描寫和抒情筆法，描寫了作家島村和藝伎駒子等4名男女的愛憎劇碼。在日本以外的國家也受到高評價，文章開頭的文句「穿越縣境長長的隧道後，就是雪國了」非常知名，也幾度被翻拍為影像作品。

已婚作家與雪國的女人

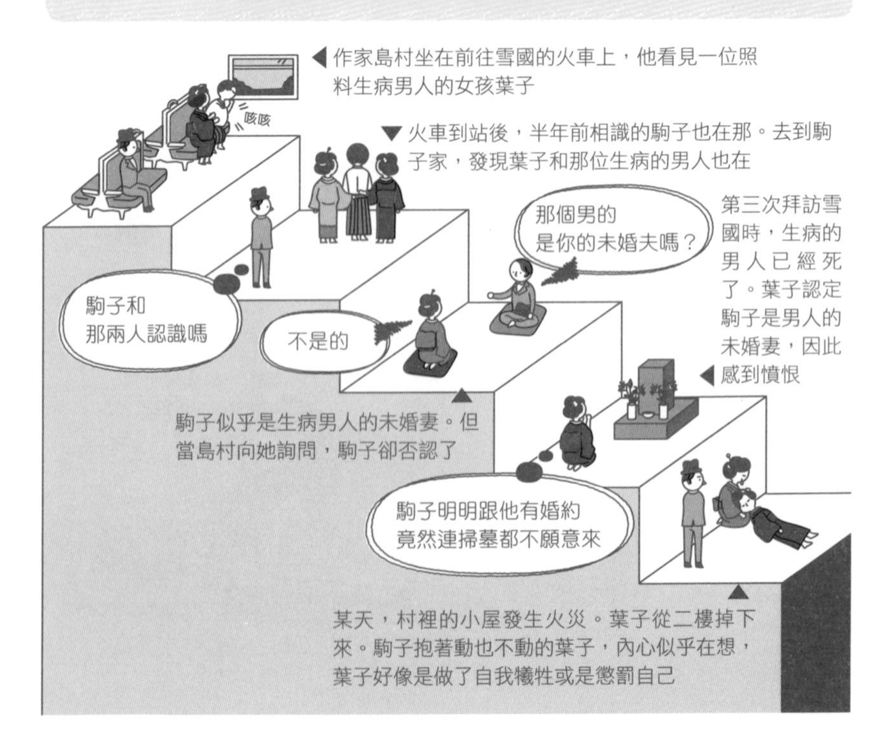

16 山月記

中島敦

這部作品取材自清朝談話集《人虎傳》，是中島敦在文壇初試啼聲之作，也是他的代表作品。

《山月記》是33歲即病逝的中島敦在1942年發表的短篇小說，也是他進入文壇的代表作。最初發表時，是與《文字禍》合併，以《古譚》之名刊登在文藝雜誌《文學界》上。中島敦的父親是漢文老師，因此他的作品多以漢文風的文體為主，取材多來自中國。本作品也是以唐代傳奇小說《人虎傳》為本。李徵因為太熱衷於詩作，竟然變身為食人虎。終於遇上朋友袁傪的他，訴說了自己的命運。中島敦透過這個故事，描寫了藝術家的內心世界。

懦弱的自尊心和自大的羞恥心

盛開的櫻花林下

坂口安吾

以《墮落論》、《白痴》等作品聞名的無賴派作家──坂口安吾的作品，是一個怪奇又充滿幻想的故事。

坂口安吾以類型多元的作品和獨特的文風活躍於戰前、戰後文壇，《盛開的櫻花林下》是他在1947年發表的短篇小說。這篇小說是坂口安吾以東京大空襲時目睹的光景為創作意象，同時也是他服用安非他命、熬夜寫作時期的作品。一個住在山中的山賊，奪去了一位從城市來的旅人之性命，並且搶走旅人的妻子，但山賊卻被女人的豔奇美貌所束縛了。本部作品以富有想像力的文筆描繪出人心孤獨和不道德的關係，既優美又殘酷的故事獲得廣大迴響。

擁有驚人美貌的殘酷女子和山賊的孤獨

18 人間失格

太宰治

《人間失格》是太宰治將自己的生命經驗和歷程投射其中，探尋人類存在意義的半自傳式作品。

無賴派作家太宰治在戰前、戰後發表了許多作品，活躍於日本文壇，《人間失格》則是他在1948年發表的中篇小說。作品在雜誌《展望》上連載，脫稿後過了一個月，太宰治就投水自殺了。主角葉藏是東北大地主的小兒子，這篇小說是以他的私人手記形式寫成，描寫他為了排解內心不安而沈溺於女人和酒精中，最後嗎啡中毒、成為廢人的一生。主角的故事和太宰治的人生經驗多有重疊，可稱為是他的自傳小說。

害怕人類、決心以小丑姿態過活的男子

19 金閣寺

三島由紀夫

《金閣寺》是三島由紀夫的長篇小說。這部傑作是近代日本文學代表作品之一，在日本以外的評價也非常高。

三島由紀夫是戰後日本文壇代表作家之一，在全球也擁有極高評價。除了文學領域，他在戲劇、政治等領域也非常活躍，被稱為時代的寵兒。《金閣寺》是他在1956年發表的長篇小說，獲得第8屆讀賣文學獎肯定。這部小說是以1950年實際發生的金閣寺縱火案為藍本寫成，小說發表後，原本對三島由紀夫持懷疑態度的作家或文學評論家都對他改觀並給予好評，因此確立了他在文壇上的地位。作品在文學雜誌《新潮》上連載，單行本發行後也十分暢銷。

對金閣寺之美震懾、因愛生恨的青年

❶溝口是個內向的少年，在他心中，金閣寺就是完美的象徵

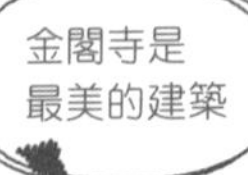

❷父親死後，溝口成為金閣寺的和尚，並且與來自東京、家境富裕的寺廟之子鶴川變成好友

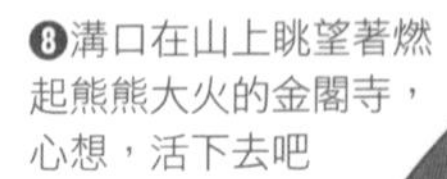
❸溝口在山上眺望著燃起熊熊大火的金閣寺，心想，活下去吧

作品是由天生擁有口吃等障礙的主角「我」，也就是溝口，以回顧過去並自白的形式構成。成為金閣寺和尚的溝口，深深被金閣寺之美震懾。在經歷了各種不如意後，他因為想要和金閣寺玉石俱焚，因此在金閣寺縱火。書寫這部作品時，三島由紀夫為31歲，因為接觸了健美訓練而醉心於肉體和心靈的自我鍛鍊。這樣的改變，也可以從他的文風轉變中窺見。三島由紀夫過世30年後，《金閣寺》創作筆記也出版發行。

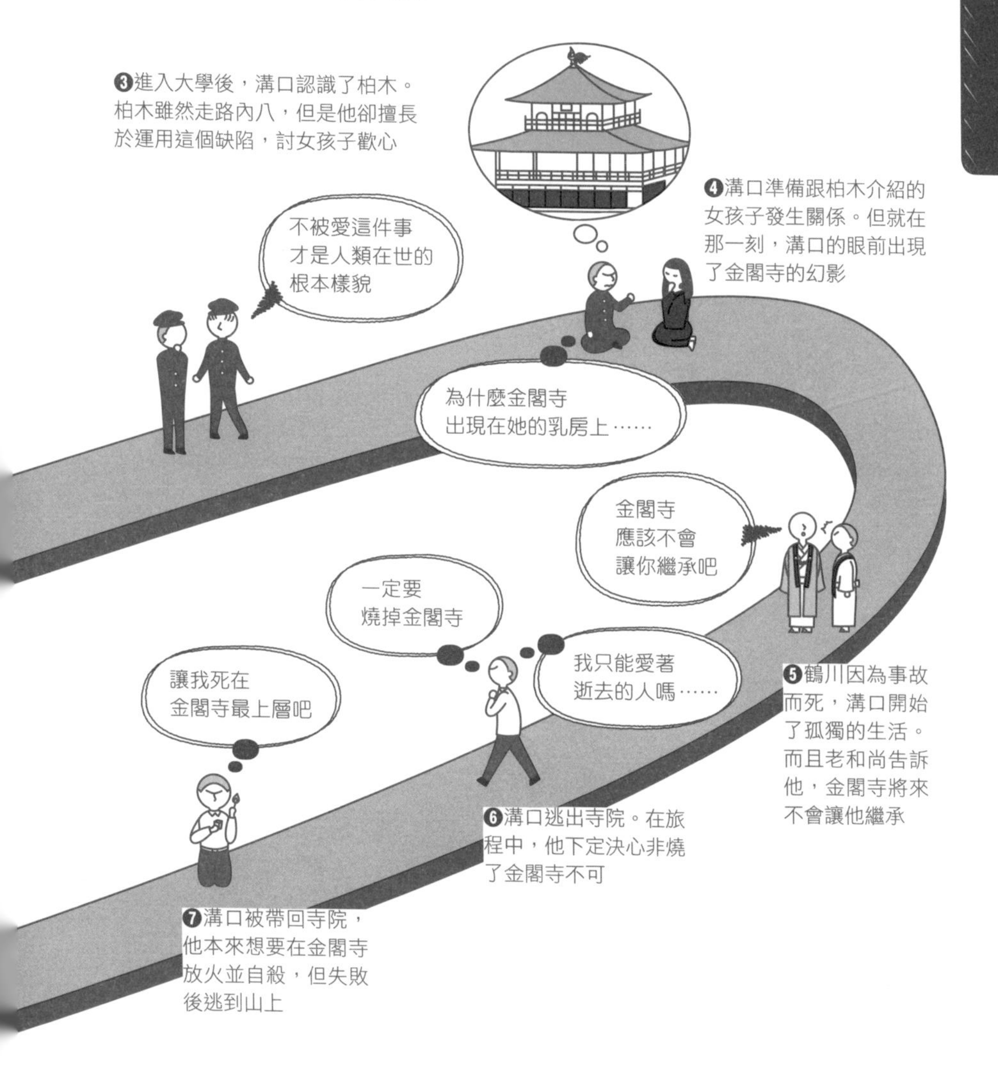

20 黑雨

井伏鱒二

這部長篇小說透過描繪原子彈爆炸受害者的日常，呈現戰爭所造成的悲劇。導演今村昌平改編的電影非常知名。

《黑雨》是井伏鱒二在1965年發表的作品，曾獲得第19屆野間文藝獎。起初以《姪女的婚事》為題，後來才修改為現在的標題。作品是以原子彈爆炸受害者重松靜馬的《重松日記》和受害軍醫的手記等龐大資料為基礎，描寫原子彈爆炸受害者重松的姪女矢須子遭懷疑也是原爆受害者，因而難以談成婚事。重松擔心矢須子的將來，因此整理、謄寫她的日記，而作品本身也是以日記的方式構成。作者透過這個故事，鮮明地描寫出廣島原子彈爆炸的慘況。

描繪發生在平凡生活中的廣島悲劇

野火

大岡昇平

大岡昇平以他的親身體驗為基礎，描寫了處於極端狀態下的心靈樣貌，被譽為戰爭文學中的代表作品。

《野火》是擅長書寫戰爭和人性的作家大岡昇平在1951年發表的作品，曾獲得第3屆讀賣文學獎，小說描寫人類處於極端狀態時的心靈樣貌。故事發生在瀰漫著失敗氛圍的第二次世界大戰末期，在菲律賓雷伊泰島，日本士兵田村因為罹患肺病，因此被所屬部隊和戰地醫院拋下。當他在熱帶戰場上迷途時，因為過於飢餓而吃下人肉。作者大岡昇平是以自己在菲律賓參戰時被美軍俘虜的親身體驗，並結合當時從戰友聽來的故事為基礎寫成。

極端飢餓中吃下人肉的日本士兵

column No. 06

必備基礎知識

和歌集

萬葉集

成書時間 783年左右

日本現存最古老的和歌集，一般認為成書於奈良時代末期。成書原因有一說是受到平城天皇的敕令，也有人認為是大伴家持私自編纂，至今未有定論。書中收錄了長歌、短歌、旋頭歌等4535首和歌，作者除了額田王、柿本人麻呂、山部赤人等天皇、貴族、官員等上層階級，也有農民和防守邊境的士兵等。本書可說是奈良時代和奈良時代以前的和歌總集。

古今和歌集 紀友則、紀貫之、凡河內躬恒、壬生忠岑（編者）

成書時間 905年

《古今和歌集》是在醍醐天皇的敕令之下，由詩人紀貫之等四人所編纂的日本首部敕撰和歌集。當中除了收錄了《萬葉集》未收入的和歌，還有當代書寫的和歌。和歌共分為13種類別，包含四季、戀歌等，為後代的和歌創作定下典範。卷首和卷末共有假名序和真名序兩篇文章，其中由紀貫之所寫的假名序，被認為是日本文學歷史上第一篇和歌評論文章。

新古今和歌集 源通具、六條有家、藤原定家、藤原家隆、飛鳥井雅經、寂蓮（編者）

成書時間 905年

以《古今和歌集》為首的八部敕撰和歌集《八代集》中的最後一部作品。鎌倉時代初期，由詩人藤原定家等人編纂。當時，連歌、今樣等逐漸改變和歌的樣貌，而《新古今和歌集》的出現也隱含著復興和歌正統的時代意義。本和歌集共有20卷，收錄作品高達1970多首，在《八代集》中占最多。《新古今和歌集》中也有假名序和真名序兩篇序文。

column No. 07

日本三大隨筆作品

枕草子　清少納言

成書時間 1000年左右

以開頭文句「春天是破曉時最好」聞名的《枕草子》是平安時代中期的女性作家——清少納言的隨筆作品。以日常生活和大自然的四季變化觀察，和作者對於身處宮廷時期的回憶書寫為主。輕快具有節奏感的斷定句是本作品的特色，對後世的連歌、俳諧、假名草子等都有很大的影響。此外，評論家也認為，這部作品是現代「女流隨筆」的先驅之作。

徒然草　吉田兼好

成書時間 鎌倉時代末期

作者吉田兼好原本在朝廷當差，後來看破世事選擇出家。構成《徒然草》的基礎為「無常觀」，作者透過這部作品訴說了人世間的虛無和變化無常。不過，同樣是以無常觀為主題，《徒然草》卻和《方丈記》不同，前者主要是透過幽默的語調，討論人生的意義。《徒然草》成書後幾乎沒有受到關注，一直到後來才慢慢受到矚目，並在江戶時代成為受歡迎的暢銷書籍。

方丈記　鴨長明

成書時間 1212年

鴨長明活躍於平安時代末期至鎌倉時代，《方丈記》是他的代表作品。在以開頭文句「逝川流水不絕」闡述了世事無常變化之後，鴨長明接著以混合了漢字和假名的「和漢混淆文」書寫出當代發生的各式天災人禍，並且描寫出自己在京都南方日野山度過的草庵生活。除了文學上的價值，作為後世了解當時日本社會樣貌的歷史資料來說，《方丈記》也相當具有意義。

column No. 08

必備基礎知識

日本日記文學

土佐日記

紀貫之

【背景】日本 【成書時間】935年左右

三十六歌仙之一的詩人──紀貫之的代表作品。紀貫之原為土佐國的國司，任期結束後，他將自己從土佐回去京都的55天旅程，以女性敘事者的口吻紀錄而成。全書幾乎以假名書寫，採用日記方式寫成。

和泉式部日記

和泉式部

【背景】日本 【成書時間】1008年左右

由中古三十六歌仙之一的詩人──和泉式部所撰寫。冷泉天皇的皇子──為尊親王是和泉式部的戀人，在親王去世之後，和泉式部整日沈浸在悲傷中。此時，為尊親王之弟──敦道親王寄來了一封信……。

十六夜日記

阿佛尼

【背景】日本 【成書時間】1283年左右

藤原為家的側室──阿佛尼所寫的遊記風日記，被稱為中世三大旅遊文學之一。阿佛尼為了一場爭奪兒子莊園所有權的訴訟，從京都去到東海道。她在《十六夜日記》中描寫了這段從繁華都城下鄉到鎌倉的旅程。

蜻蛉日記

藤原道綱母

【背景】日本 【成書時間】975年左右

由平安時代中期詩人──藤原道綱母所寫。在《蜻蛉日記》中，藤原道綱母赤裸裸地描寫了她與丈夫藤原兼家的婚姻生活、與另一位妻子時姬之間的鬥爭，以及丈夫不斷娶進妻妾的狀況和心境。

更級日記

菅原孝標女

【背景】日本 【成書時間】1060年左右

由平安時代的貴族之女──菅原孝標女所寫。她將自己從父親的派任地──上總國返回京都的這一段旅程開始書寫，一路記錄到自己在51歲時與丈夫──橘俊通死別之前所發生的故事。

不問自語

後深草院二條

【背景】日本 【成書時間】1313年左右

後深草院二條是鎌倉時代中期後深草天皇的情人，《不問自語》是她的自傳式作品。二條雖然與後深草天皇生下皇子，但她與其他多位男子之間仍持續著超越社會規範的關係。本作品描繪了她大膽奔放的情感生活。

column No. 09

必備基礎知識

日本近現代名著

金色夜叉

尾崎紅葉
【背景】日本 【初版時間】1902年

尾崎紅葉連載於讀賣新聞的小說。尾崎紅葉在書寫過程中就過世了，因此由門徒小栗風葉完成作品。高中生間貫一發現自己的未婚妻阿宮竟然對一位有錢商人有了好感，因此在熱海質問阿宮。但是貫一沒等到阿宮表明心意，就一腳踢走她。為了復仇，貫一開始做起高利貸的生意……。

武藏野

國木田獨步
【背景】日本 【初版時間】1898年

國木田獨步身兼《婦人畫報》創辦人與作家，《武藏野》是他所創作的浪漫主義色彩的短篇。《武藏野》以東京武藏野為主題，以充滿詩意的文筆描寫出林間美景。而這部作品也是日本首篇做到「言文一致」的新聞小說。書寫這部作品時，國木田獨步正住在涉谷村（今涉谷區），他將自己在東京近郊武藏野散步時的所見所聞，以富有新意的方式描繪而成。

高野聖

泉鏡花
【背景】日本 【初版時間】1900年

這是泉鏡花在26歲時寫成的幻想小說名作。一位走在飛驒往信濃山路上的僧侶，向一戶山中人家乞求借宿一晚。在那戶人家中，住著一位美麗女子和她的丈夫，女子十分殷勤地照料僧侶，甚至還脫了自己的衣服要幫僧侶洗澡。不過那天晚上，僧侶發現自己似乎被一群野獸包圍了……。

一個女人

有島武郎
【背景】日本 【初版時間】1919年

有島武郎所寫的現實主義名作。主角葉子是以國木田獨步的第一任妻子佐佐城信子為藍本寫成。才華洋溢的美人早月葉子雖然與詩人木部結婚，但是短短兩個月就離婚了。後來，她與一位名叫木村的男子訂下婚約，但當她為了去美國找木村，搭上船後，又和船上的事務長倉地相戀，最後決定返回日本。

田園的憂鬱

佐藤春夫
【背景】日本 【初版時間】1919年

近代日本詩人──作家佐藤春夫的不朽名作。作品描寫一名患了心病的青年逃離都市、移居自然風景優美的武藏野後，在那裡產生的心境變化。寫作時，佐藤春夫正巧就跟主角一般，精神方面出現了狀況，並同樣搬離都市到鄉村生活。佐藤春夫將自己的心情放入作品中，坦誠地呈現出來。

腦髓地獄

夢野久作
【背景】日本 【初版時間】1935年

推理小說界鬼才夢野久作耗費10年以上的光陰寫成的代表作品。本書被譽為難得一見的奇書，據說能夠看完這本書的人，精神必定會出一次問題。一名男子被精神病院時鐘的聲音叫醒了，但是甦醒過來的男子既不記得自己的名字，也忘了所有的過去。此時，一位法醫學者告訴他，他和一起殺人事件有所關聯……。

萬曆元年的足球隊

大江健三郎
【背景】日本 【初版時間】1967年

《萬曆元年的足球隊》是諾貝爾文學獎得主大江健三郎的代表作，作品明顯反應出他的戰後民主主義思想。一對放棄精神障礙兒子的夫妻和在安保鬥爭中受到挫折的丈夫之弟，為了找到自己安身立命之處重新來過，因此回到了兄弟的故鄉──四國的某個村莊。但卻在那裡發生了意外事件。本作品曾獲得第3屆谷崎潤一郎獎。

機械

橫光利一
【背景】日本 【初版時間】1931年

橫光利一在昭和時代初期以新感覺派舵手之姿席捲文壇，《機械》是他的知名作品。小說中的主角懷疑小鎮工廠的老闆是精神病患，工廠前輩輕部則懷疑主角是去盜取製作機密的商業間諜，而主角竟然也開始懷疑工廠新人是間諜……。本作品是橫光利一的實驗性小說，將社會比擬為巨大冷酷的機器。

流動

幸田文
【背景】日本 【初版時間】1955年

作者是日本文豪幸田露伴之女幸田文，本篇作品以充滿詩意的文字描繪出華麗生活表面下的暗潮洶湧，是她在文壇展露名聲的代表作品。梨花住進一間逐漸沒落的藝伎屋，她以下女身分盡心工作，並且親眼見識了繁華的花街柳巷和藝妓屋日漸凋零的實景。本作品曾被成瀨巳喜男導演改編為電影。

沙丘之女

安部公房
【背景】日本 【初版時間】1962年

《沙丘之女》是全球皆擁有高評價的作家安部公房代表作品，也是近代日本文學代表作之一。男人為了採集昆蟲而去了沙丘，沒想到卻被困在藏於沙丘深處的一棟房子中。男人想盡各種辦法想要逃脫，但住在那棟房子中的女人，卻想要留住男人……。作品不只在日本受到歡迎，還被翻譯為20多國語言。

政治經濟・商業名著

政治經濟、商業名著不只是基礎涵養，
更直接關聯到你的工作和人生。
為了過上更豐富愉悅的生活，
應該多方接觸這些基本知識。

01 孫子兵法

孫武

本書分析了多人數戰爭時代中的勝利法則，是中國現存最古老、徹底運用了現實主義的兵法書籍。

《孫子兵法》是中國最古老的兵法書。最初是在春秋戰國時代末期、西元前515年左右由兵法家孫武完成架構雛形，接著再由後代孫臏延續撰寫，直到了西元200年，由曹操匯總而成。在本書出現之前，一般認為戰爭的勝利成敗是為運氣所左右，但經過本書研究分析過往戰爭紀錄，並將致勝關鍵形成理論後，大眾才真正理解了兵法的重要性。《孫子兵法》的出現為後世帶來很大影響，例如前中共領導人毛澤東在自己的著作中也時常引述本書中的文句。

出現在戰爭方式改變的時代中

孫武編纂《孫子兵法》時，恰逢戰爭方式改變，士兵人數趨多的時代。因此，分析求勝手法也變得更重要。

本書共分為13篇，從視察敵情、地形戰法再到間諜活動等，包含了各式各樣的戰術知識。其中特別知名的是孫子對於「勝利」的思考方式。他認為，不戰而勝才是最好的結果，因為戰鬥只是取得勝利的手段之一，如何真正獲取利益，才是最重要的事。如果因為打仗，而讓敵方遭受破壞性、不可逆的損傷，讓我方損失了原有的好處，絕對是最愚蠢的結局。《孫子兵法》中的合理主義思想即使沿用到現代，也十分受用。

務實的孫子理論

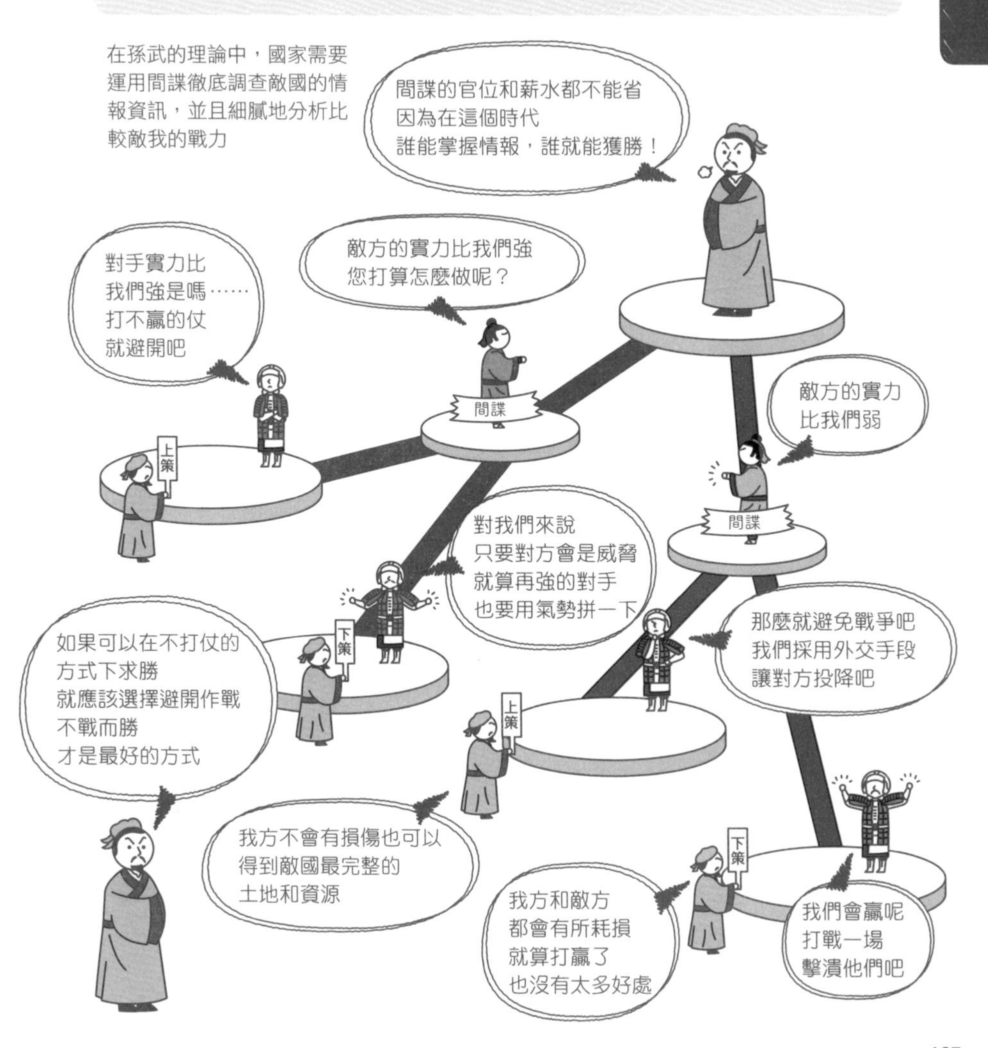

貞觀政要

吳兢

本書記載了奠定唐朝治理基礎的名君唐太宗關於政治的談話，被譽為研究領導統御的教科書。

《貞觀政要》是由唐代史學家吳兢編纂，是一本記載了奠定唐朝基礎的第二代皇帝——唐太宗與名臣之間的對話集。太宗是一名願意聽取臣子建言的英明君主，在這本書中，紀錄了他與王珪、魏徵等臣子間討論「領導者的條件」、「人才的晉升」、「繼任者的培育」等議題時的對話，這些內容就算是放到現代企業組織的管理營運中也很適用。他們之間的對答充滿了各式啟發，不僅在中國受到歡迎，據說日本的領導階層如足利氏或德川氏也很推崇此書。

名君——唐太宗李世民是這樣的皇帝

君王論

尼可洛・馬基維利

本書提倡君王獨裁政治的必要性，是由近代政治學之祖尼可洛・馬基維利所寫的著作，具有獨特歷史定位。

《君王論》是文藝復興時期外交官馬基維利所寫的政治學著作，全書26章。他在書中分析了歷史上的多位君王和君主國家，對於君主國家和君主應該有的樣貌作出論述，最特別之處是他將政治與宗教、道德切割，單獨討論。馬基維利主張，只要最終對國家利益有幫助，不正道的政治手腕也值得肯定，他的思想也催生了「馬基維利主義」（※）一詞。

馬基維利提倡的君主理想樣貌

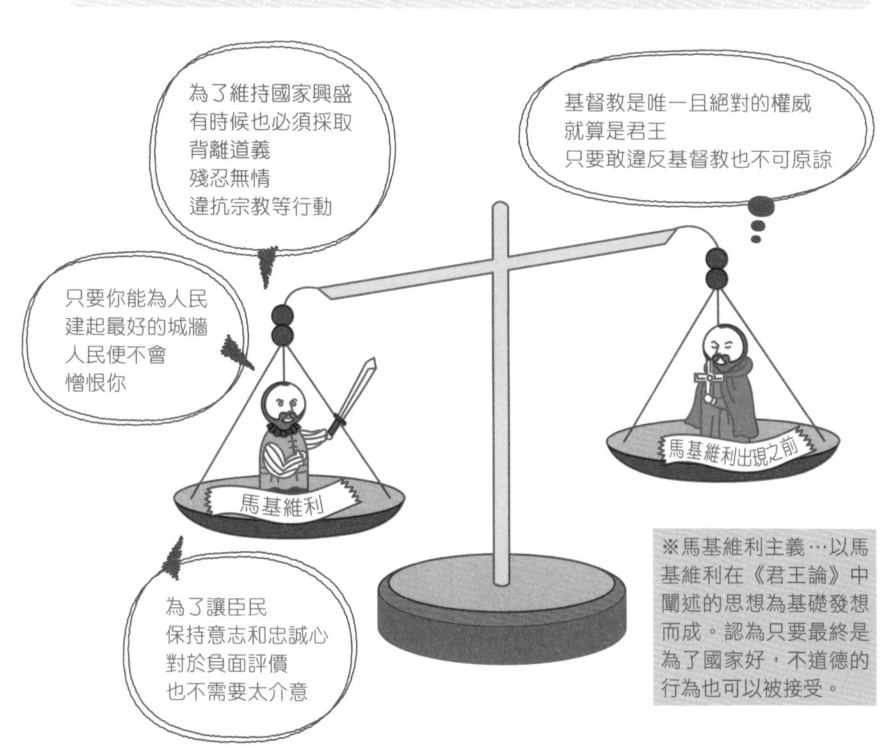

※馬基維利主義…以馬基維利在《君王論》中闡述的思想為基礎發想而成。認為只要最終是為了國家好，不道德的行為也可以被接受。

烏托邦

湯馬斯・摩爾

由湯馬斯・摩爾描繪出的「不存在之地」。作品發表後，成為後代理想主義思想起源的經典名作。

《烏托邦》是文藝復興時期的人文主義代表學者湯馬斯・摩爾的作品，是一部闡述社會思想史的經典名作。書名「烏托邦」來自希臘語的「ou」(不)和「topos」(地方)，是摩爾自創的單字，意指「不存在的地方」。全書分為兩卷，摩爾透過此書，描繪出原始共產式的理想社會樣貌，並且在這部作品中促使讀者進一步思考富有與貧窮、政治、戰爭等議題。

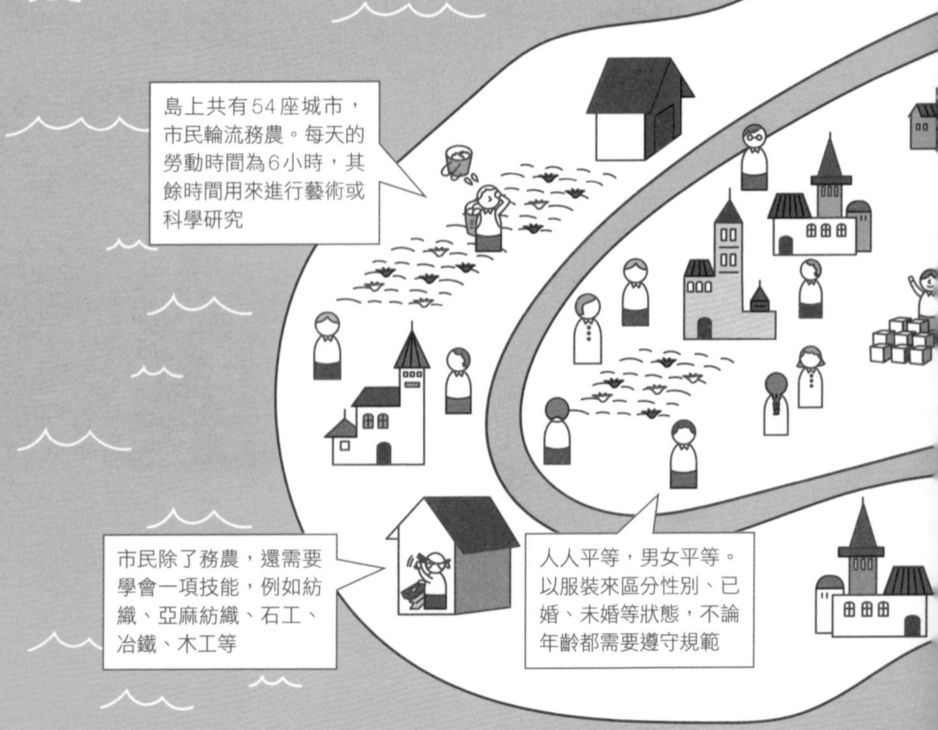

第1卷的時間背景為1515年，摩爾以貿易交涉委員的身分派遣到尼德蘭（荷蘭），並且遇到一位葡萄牙船員拉斐爾。拉斐爾是在新大陸航海時，輾轉來到了一個位於熱帶的島嶼烏托邦島。接著在第2卷中，摩爾描述了烏托邦島的社會制度和生活樣貌。這座島嶼為原始共產式，採行共同生活制度。他們沒有貨幣，生活所用物資都是由倉庫集中管理，民生用品則由每個家庭的家長領取。

社會契約論

尚・雅克・盧梭

本書由思想家尚・雅克・盧梭所著，書中提到的政治理論後來成為引爆法國大革命的關鍵導火線。

法國作家兼思想家盧梭被稱為「近代之父」，《社會契約論》是他完整論述人民主權論的一部作品。國家是透過政府與人民之間的契約所構成，人民身為主權者，其意志擁有最高權威，而政府必須要遵從主權者的意志。盧梭的思想後來成為引爆法國大革命的重要關鍵。本書在日本由思想家中江兆民翻譯，以《民約譯解》之書名於1882年出版，並為自由民權運動帶來龐大的影響。

君權神授論與社會契約論

在古代歐洲，「君權神授論」為一般主流學說，但霍布斯、盧梭、洛克等人提倡了「社會契約論」。

國王的統治權是由上帝所賦予，因此如果不遵從國王的命令，就等於違抗了上帝的意志

人類生來就擁有自由等權利，為了要維護這些權利，因此彼此訂下契約。這就是國家誕生的由來

盧梭在這部作品中闡述了國家與國民的關係，他認為，國家並非由上帝或國王所建造，而是由人民所創造，國家應該是透過社會契約構成的。人民將自己的權利交付給人民，並以人民治國，這樣人人都能擁有自由。為了要尋求人民共有的意志，因此採取直接民主制度，每位國民都是主權者，都握有立法權。這樣一來，政府並不擁有實權，政府的存在只是為了貫徹人民的意志、受僱於人民而已。

盧梭提倡的社會契約論是什麼？

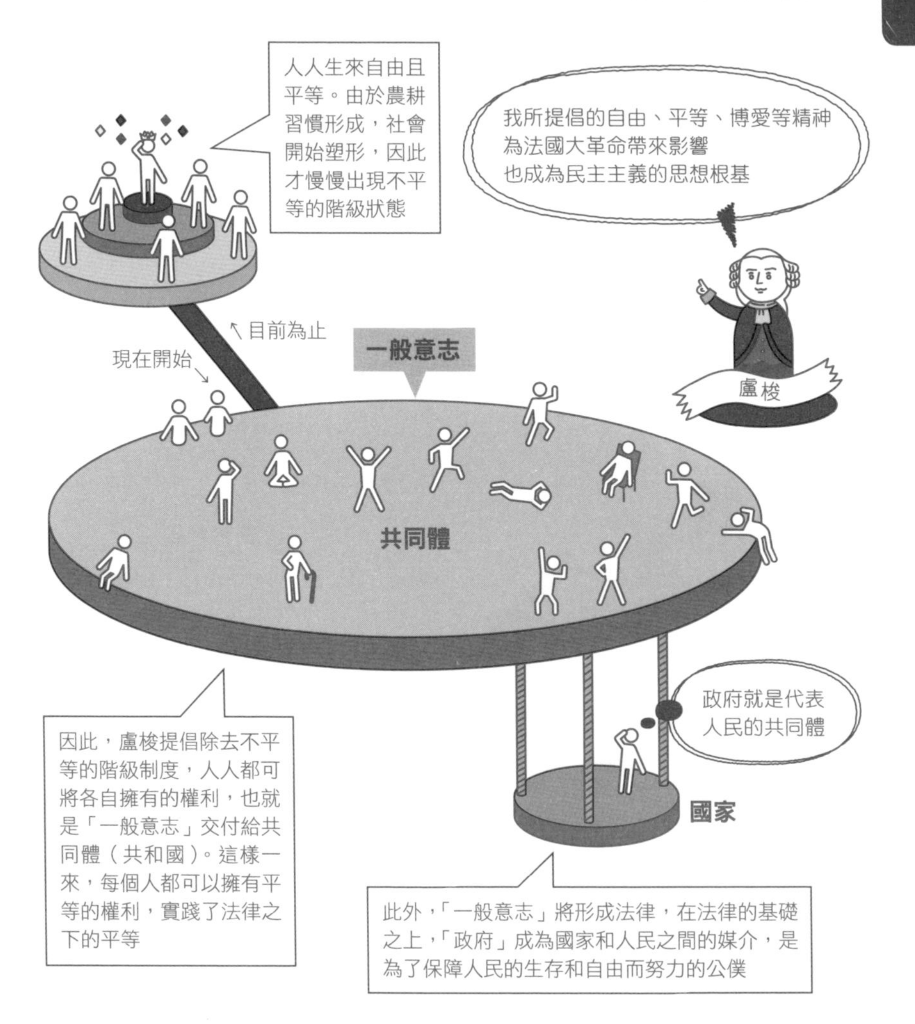

國富論

亞當・史密斯

本書是經濟學中，首部將理論系統化的著作。被譽為經濟自由主義經典名著，也是闡述近代自由主義思想之經典作品。

《國富論》是經濟學家亞當・史密斯將自由主義經濟理論系統化論述之作品。史密斯在1759年寫成的作品《道德感情論》中，闡述了人類具有同理他人情感的共感能力。正因為如此，經濟活動中的交換行為才能找到雙方妥協的平衡點。而在接續發表的作品《國富論》中，史密斯指出，政府對於特定領域的保護和規範將會阻礙市場機制的健全發展，並且對當時的王政諸國採行的重商主義展開批判。

經濟發展的階段

亞當・史密斯解讀羅馬帝國沒落以來的歐洲經濟結構和變化，他提倡，只有自由主義經濟才能讓國家富裕。

封建制度

領主為土地的支配者，領主將農民束縛在土地之上，透過徵收年貢以維持領主的富裕狀態

封建制度

領土和人民才是財富的根源！

重商主義

透過出口獲得來維持國家的富裕，例如具有獨占性的殖民地經營或保護主義式的貿易行為

重商主義

透過出口獲得的金錢才是財富的根源！

真正的富裕
並非指國家所擁有的錢財的數量
而是指能夠產生消費行為的產品的數量

市民的勞動行為才是財富的根源！

自由經濟主義

自由經濟主義

將市民的勞動行為視為國家富裕的根源，透過市場中的自由競爭和分工行為提升生產力，進而使國家富有

史密斯認為，價值是透過市民的勞動行為而產生，因此勞動才能決定商品的價值（勞動價值論）。此外，市場中存在著自律機制，也就是「看不見的手」。只要每個人都為了自己的利益而行動，以結果來說，將會為整體社會帶來正向發展。在此之前，人類對於自己的利益和慾望的追求往往被視為不道德。但史密斯認為這樣的追求反而是好事，能讓市場機制健全發展。他的想法讓人類對於經濟行為的思考方式產生變化。

「勞動價值論」和「看不見的手」

●何謂勞動價值說

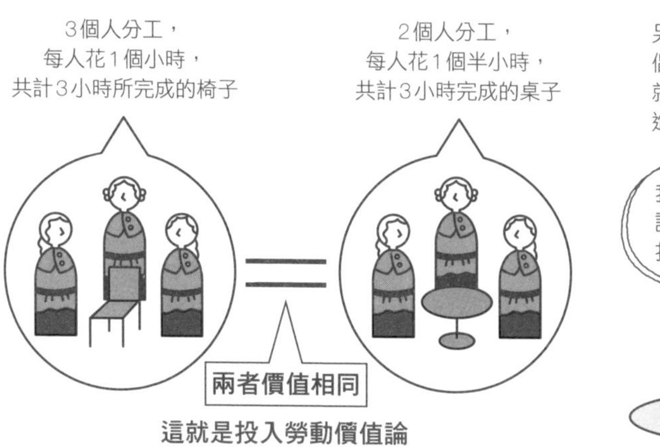

另一方面，史密斯也提倡支配勞動價值論，也就是指以商品支配權來進行勞動行為。

●何謂看不見的手

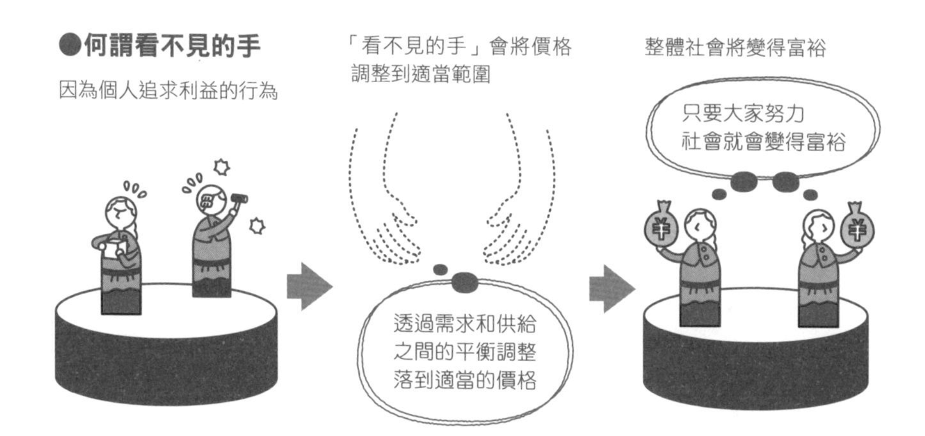

資本論

卡爾・馬克思

本書以經濟學的角度深刻解析資本主義的原理，並對後來的社會主義運動產生決定性的影響。

《資本論》是哲學家卡爾・馬克思的經濟學著作，也是他的代表作品，而馬克思也與社會思想家弗里德里希・恩格斯一起確立了馬克思主義（※）。馬克思在這本著作中，論述了資本主義為何會成為殘酷不人道的經濟體制的原因。本書所闡述的馬克思理論，成為後來俄羅斯大革命發生的契機，而採用社會主義制度的國家也增加了。雖然馬克思的理論在蘇聯瓦解後也逐漸沒落，但在雷曼兄弟事件後其價值又重新被認定。

剩餘價值與資本家的剝削

●何謂剩餘價值

馬克思認為，資本家榨取了勞工的「剩餘價值」。

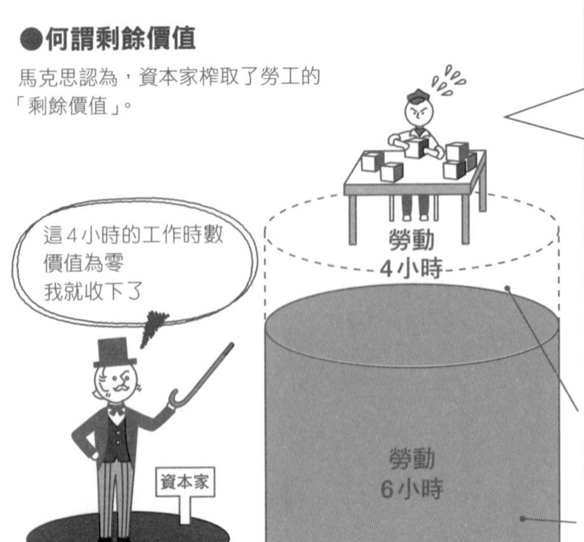

例如在勞動市場中，當勞動人口過剩，勞動力的價值就會變少。就算勞工花了6小時的工作產出，剛剛好是實際的價值（必要工作時間），但因為擔心自己會失業，所以會額外增加工作時數（例如10小時）。因此，這多出來的4小時（剩餘價值）就會被資本家壓榨

剩餘價值

超出勞工原有勞動力價值、額外增加的價值

必要工作時間

勞工為了生產出與勞動力等價的產品所需要的時間

※馬克思主義…社會主義思想。將資本變成整體社會的共有資產，廢除勞工為了提高資本而不得不勞動到失去自我的悲慘狀況，以建立無階級之分的共好社會為目標。

馬克思主張「勞動價值論」，他認為所有財物的根源都是來自人類的勞動。資本家雇用了勞工，讓勞工為自己工作，因而產生新的價值，而這些價值則累積成為資本。但是隨著資本主義發展，有一小群資本家變本加厲地剝削勞工，使貧富差距擴大。貧困的勞工團結起來對抗，發動革命，因而推翻了資本主義。

馬克思論述的「資本主義的矛盾」

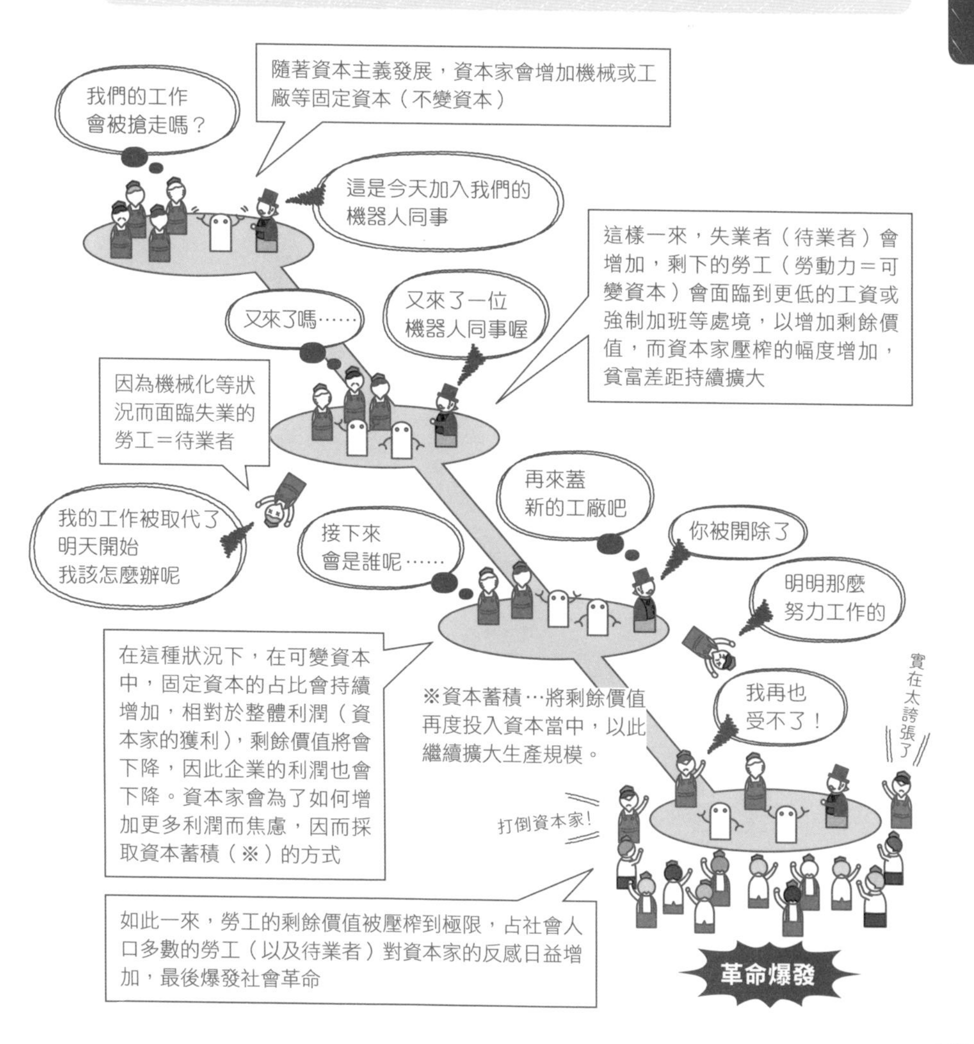

出版國 美國　初版時間 1899年

有閒階級論

托斯丹・范伯倫

本書論述在資本主義國家中，新興誕生的階級制度。作者在行文中隱含了對美國社會的批判。

經濟學家托斯丹・范伯倫在《有閒階級論》中，論述了隨著社會經濟發展而出現的「有閒階級」。所謂的有閒階級指的是因為擁有資產而不需要從事生產勞動，只會將閒暇時間用來進行娛樂、社交等活動的階級。范伯倫透過客觀描述指出，這群人所從事的消費行為著重於自我彰顯與炫耀，而非出自實用性質。由於作者在行文中極度壓抑情緒，反而更能從文字中感受到強烈的嘲諷。

炫耀性閒暇與炫耀性消費

范伯倫指出，有閒階級的兩大行為特徵就是「炫耀性閒暇」與「炫耀性消費」。

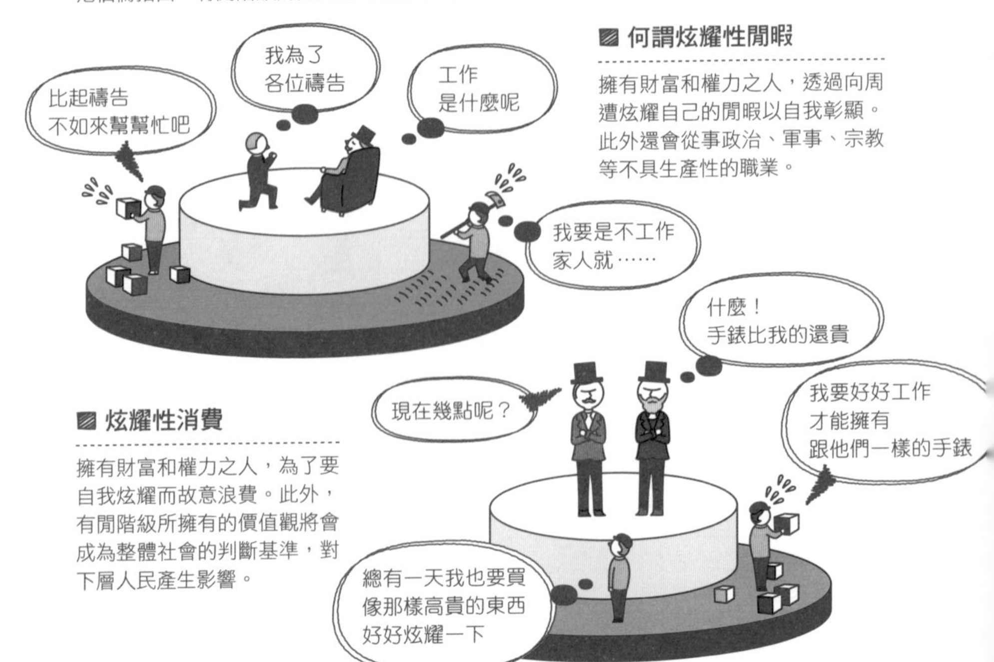

何謂炫耀性閒暇

擁有財富和權力之人，透過向周遭炫耀自己的閒暇以自我彰顯。此外還會從事政治、軍事、宗教等不具生產性的職業。

炫耀性消費

擁有財富和權力之人，為了要自我炫耀而故意浪費。此外，有閒階級所擁有的價值觀將會成為整體社會的判斷基準，對下層人民產生影響。

就業、利息與貨幣的一般理論

約翰・梅納德・凱因斯

本部經典著作揭示了充分就業理論，在經濟學界帶來重要改變，並被譽為「凱因斯革命」。

經濟學家約翰・梅納德・凱因斯在《就業、利息與貨幣的一般理論》中，論述了「有效需要之原理」，也就是國家的生產量和勞工僱用量是由伴隨支出所出現的總需求──「有效需要」來決定。此外，凱因斯主張，當有效需要不足而導致景氣不佳時，政府的財政政策可有效促進景氣好轉。像這樣以至高視角俯瞰國家和經濟狀況，並提出促進景氣發展和提升就業率的做法，被稱為「總體經濟學」。這樣的思維在經濟學界引發「凱因斯革命」，為後世帶來重大影響。

為解決不景氣而誕生的革命性理論

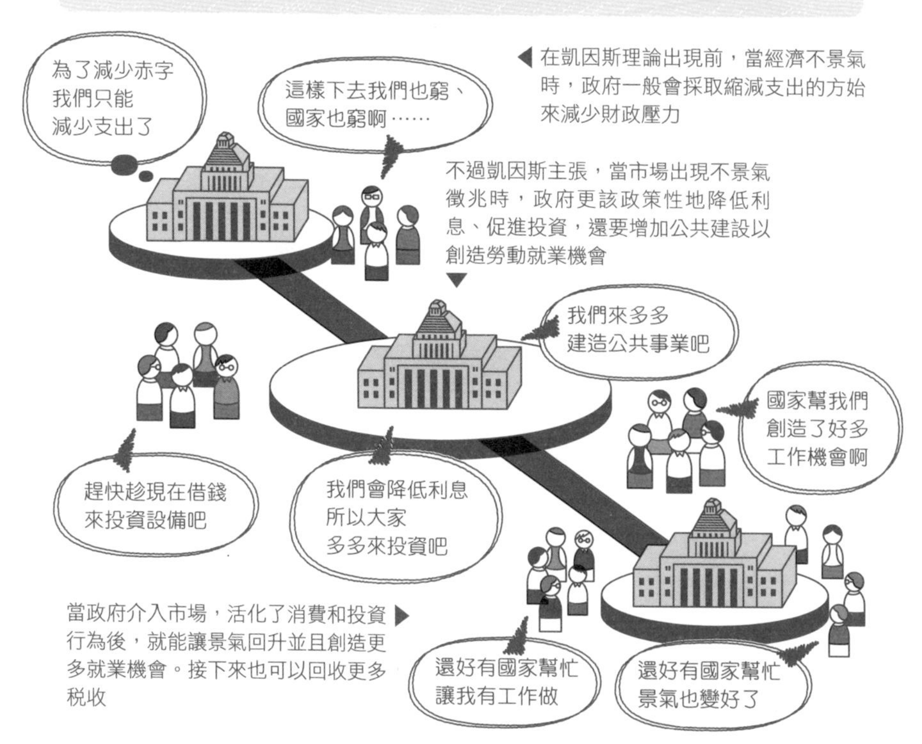

出版國 英國　初版時間 1944年

10 通向奴役之路

弗里德里希・海耶克

本書為政治學名著，作者對於20世紀後半席捲英國社會的「社會主義式的計畫經濟」學說提出警告。

經濟學家、哲學家海耶克認為，當時在英國社會獲得廣大關注的社會主義式的計畫經濟學說將會導致獨裁政權出現，並且剝奪個人的自由。《通向奴役之路》便是他提出論述的著作。約翰・梅納德・凱因斯盛讚此書，稱它是「偉大的作品」。此外，作者在書中預言了蘇聯瓦解，而這個預言也在書寫本書約50年後應驗成真。作者海耶克在1974年獲頒諾貝爾經濟學獎。

社會主義使人民淪為國家和獨裁者的奴隸

海耶克的理論在當時引發爭議，並且遭受許多批判。但由於後來社會主義國家的發展應驗了他的論點，因此從20世紀後半開始，又慢慢受到推崇。

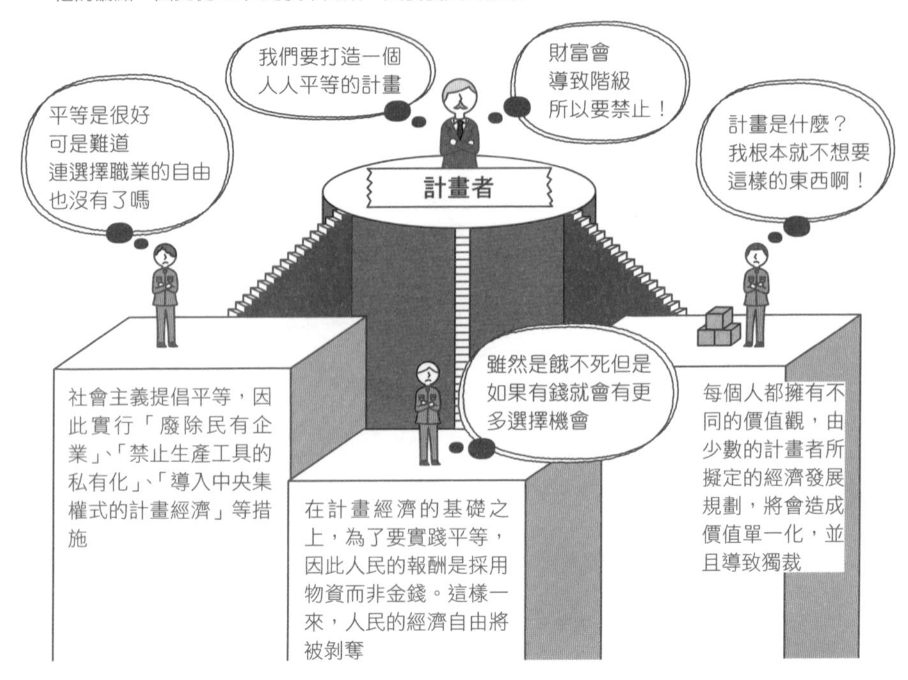

管理實踐

彼得・杜拉克

本書論述了管理者的職責，被譽為杜拉克管理學的起點暨巔峰之作，更是持續在市場熱賣的暢銷書。

《管理實踐》是管理學教父杜拉克的作品，也是全球首部將管理獨立作為一門學問來研究的書籍。杜拉克在書中說明了管理的三項任務，最後將上述層面統整論述出「經營管理的判斷思考」。美國知名管理學顧問湯姆・彼得斯曾表示：「我們所寫的管理學文章，杜拉克在《管理實踐》通通寫過了。」儘管出版已超過半個世紀，但是本部作品仍然能為現今的管理者帶來許多啟發。

何謂管理的三項任務

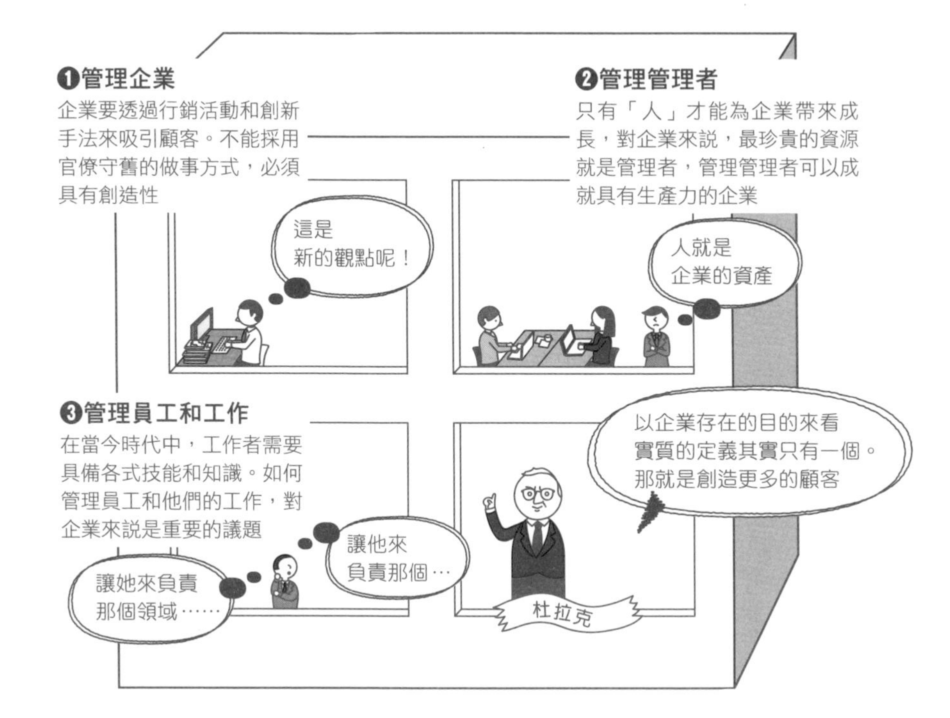

行銷管理

菲利普・科特勒

《行銷管理》由行銷學權威科特勒所著，是一本提供系統性學習方法與實踐步驟的行銷學聖經。

本書在全球商管學院中都被列入指定研讀教材，因為作者科特勒在書中以系統性的架構論述了具體而微的行銷理論，並且提供經由實戰而得的深刻洞察，再加上豐富多元的案例說明，因此被譽為「行銷學聖經」。而隨著發行版本更新，也可看出行銷學歷來的發展。從最新的第12版開始，凱文・連恩・凱勒也參與編寫。

何謂「需要」和「想要」

行銷的根本是人類的「需要（needs）」和「想要（want）」，為了滿足人類的需要和想要，才會創造出各種產品。作者先論述了行銷的基礎和前提，接著再依序說明市場分析、行銷戰略、戰術設定和管理等議題。如果能夠系統性地研讀本書，並且運用書中的理論，就能制訂出同時符合戰略和戰術的行銷戰略，並且有效實踐。

行銷學中的基礎概念「STP」是什麼？

在行銷學中，最重要的一件事就是掌握目標。而科特勒提出了一個方法，就是「STP行銷」。

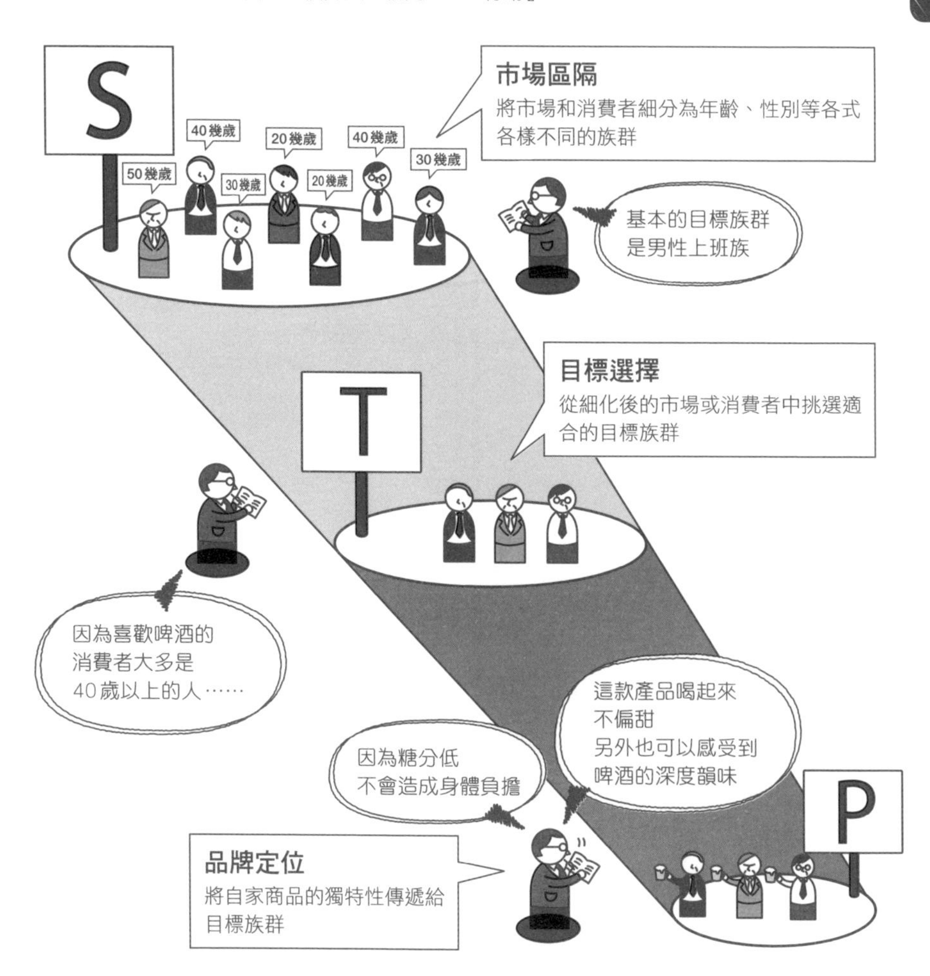

競爭策略

麥可・波特

企業如果想要追求高獲利，必須好好研究管理戰略。本書正是長期以來受到企業管理者推崇的著作，也是波特的第一部作品。

《競爭策略》是管理學家麥可・波特論述管理戰略的新修訂版本。組織管理者應該要理解策略體系，並在這個前提下，向第一線工作者做出具體的策略指導。波特提醒，戰術必須建立在策略的基礎之上，如果忘了這一點，組織只會做出無法實際產生效用且僵化的反應方式。雖然市面上有很多談論商業戰略的書籍，但是沒有一本書能像《競爭策略》一樣囊括這麼多具體經濟學分析和詳細要點。

波特的競爭策略擬定步驟

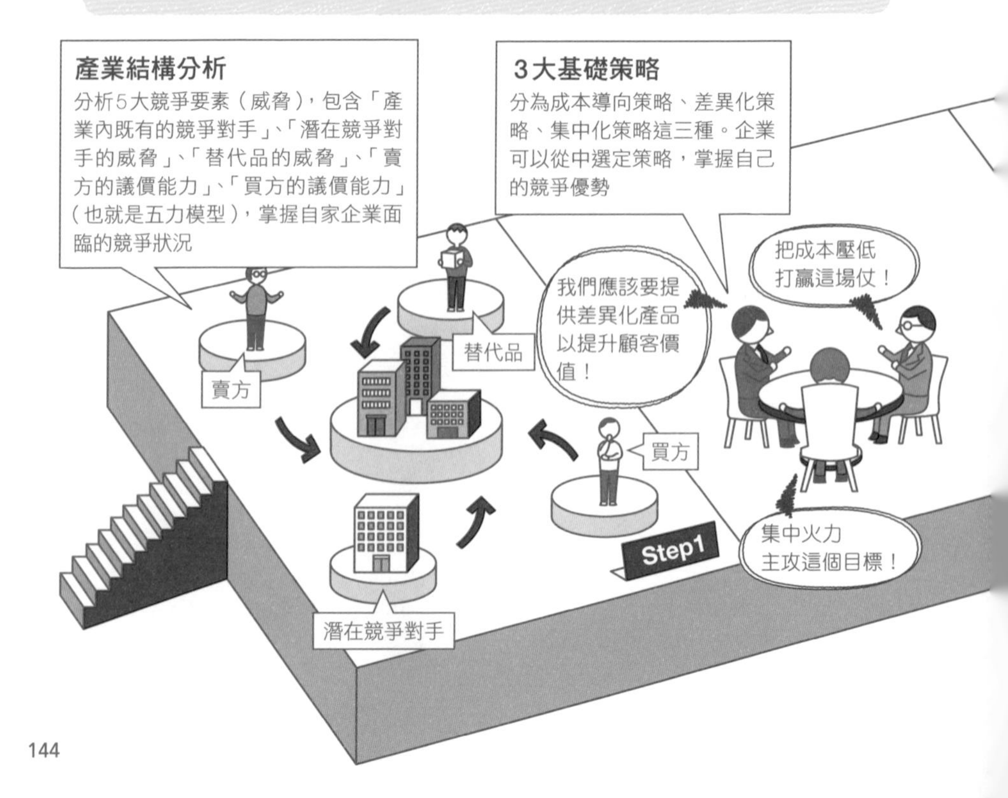

波特指出，企業擬訂競爭策略的步驟大致可以分為4個，包含產業結構分析、基礎策略確立、競爭對手和業界內部分析、擬定適合自身的競爭戰略。以產業結構分析來說，影響企業獲利的原因可分為5大項，從這5項中找到最重要的關鍵決定因素，再從這裡著手分析競爭策略。本書提出許多具體操作方式，對企業經營者來說非常實用。

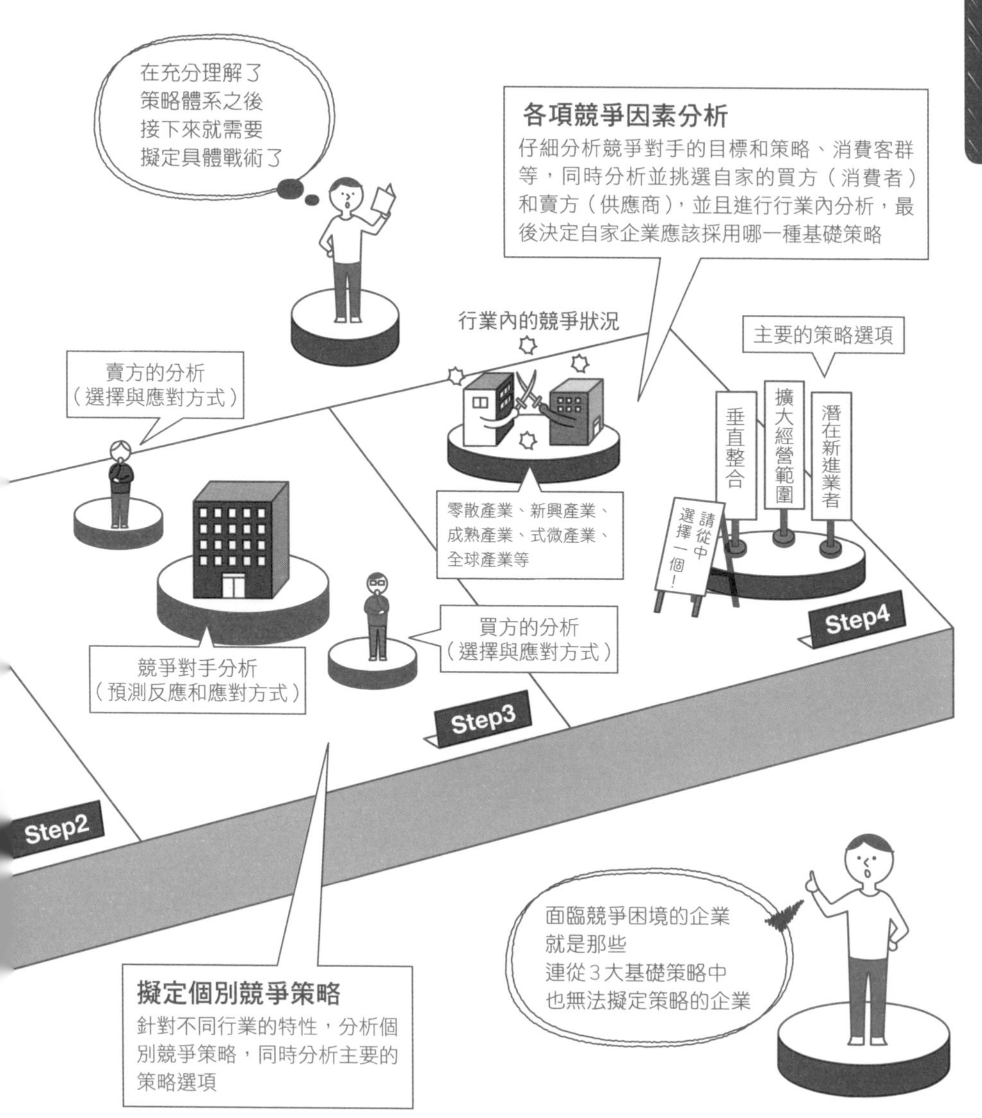

出版國 日本　初版時間 1984年

失敗的本質：日本軍的組織論研究

戶部良一、寺本義也、鎌田伸一、杉之尾孝生、村井友秀、野中郁次郎

本書研究了舊日本軍隊的戰史，對於日本企業組織來說，是一部珍貴且能實際帶來效益的學習資料。

《失敗的本質：日本軍的組織論研究》是由戰史研究學者戶部良一與組織學研究者野中郁次郎等6名學者，從社會科學角度出發，共同完成的舊日本軍隊戰史書。作者群將大東亞戰爭定義為「注定打不贏的戰爭」，透過第二次世界大戰時期舊日本軍隊的重大挫敗經驗，分析軍隊在組織層面的失敗原因。近年，日本企業在全球市場中逐漸失勢，因此也有越來越多人將日本企業的挫敗與舊日本軍隊的敗仗並列觀察，從本書中汲取教訓。

目的不明的戰爭，絕對會失敗

本書從社會科學的角度著手分析，將大東亞戰爭（太平洋戰爭）中發生的數次失敗戰役與其原因歸因於日本軍隊在「組織層面的挫敗」，希望能以此為鑑，運用在現代組織裡。結論指出，如果企業不能習慣性地運用科學思維方式，經營絕對會面臨失敗。本書行文不流於情緒化，透過各種案例論述了從失敗中學習科學性思維的重要性。

從舊日本軍隊學習、日本人容易犯的錯

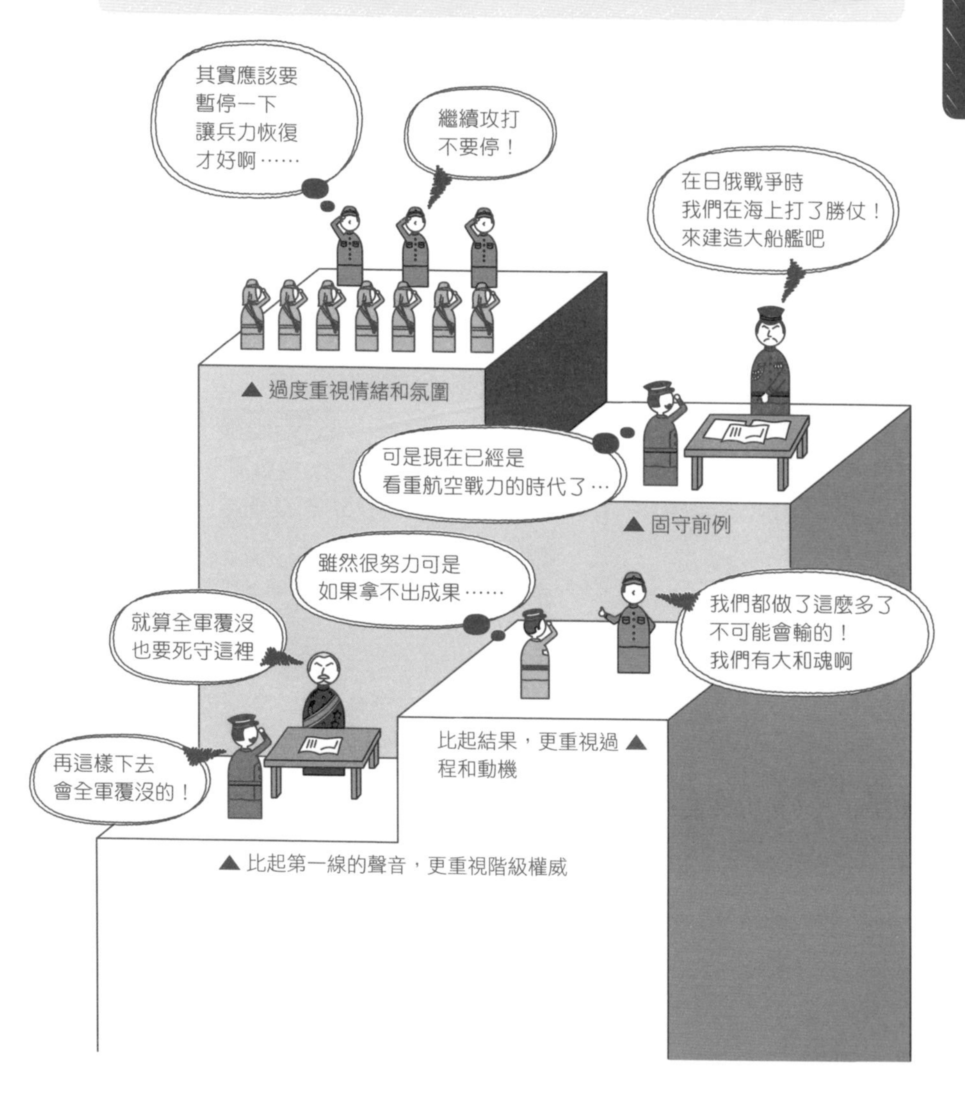

與成功有約

史蒂芬・R・柯維

如何創造更好的自己？作者柯維在這本全球暢銷作品中揭示了「7個習慣」，幫助讀者迎向成功。

《與成功有約》是全球領導學研究權威史蒂芬・R・柯維的商業管理書。柯維研究歸納了自美國建國以來約200年間出版、主題為成功的文獻資料，並且發現，在最初的150年內，多是重視以誠懇、謙虛、勇氣、正義、忍耐、勤勉、節制、黃金律等基礎原則為本的人格養成。他將此稱為「人格主義」，並以此為基礎，提煉出邁向成功的法則，也就是「7個習慣」。

柯維提倡的7個習慣

第1個習慣

主動積極

不將責任推給環境或是他人，永遠依照自我意識與價值觀做出判斷和選擇，並且承擔後果

第2個習慣

以終為始

試著思考自己人生的終點，為了不讓未來的自己後悔，寫出自己現在應該做哪些事、要怎麼做

第3個習慣

要事第一

先透過第1和第2個習慣，找到自己的目標，接著思考該怎麼做才能達成目標，並且具體實行

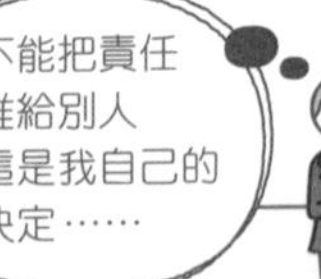

個人的成功

柯維認為，不管是在工作或家庭生活中，想要取得成功，都可以依循特定法則。他將成功者的習慣歸納為7大項，分別是「主動積極」、「以終為始」、「要事第一」、「雙贏思維」、「知彼解己」、「統合綜效」與「不斷更新」。本書已成為全球暢銷書，目前為止擁有超過40種語言的譯本，全球銷售數量超過2000萬冊。

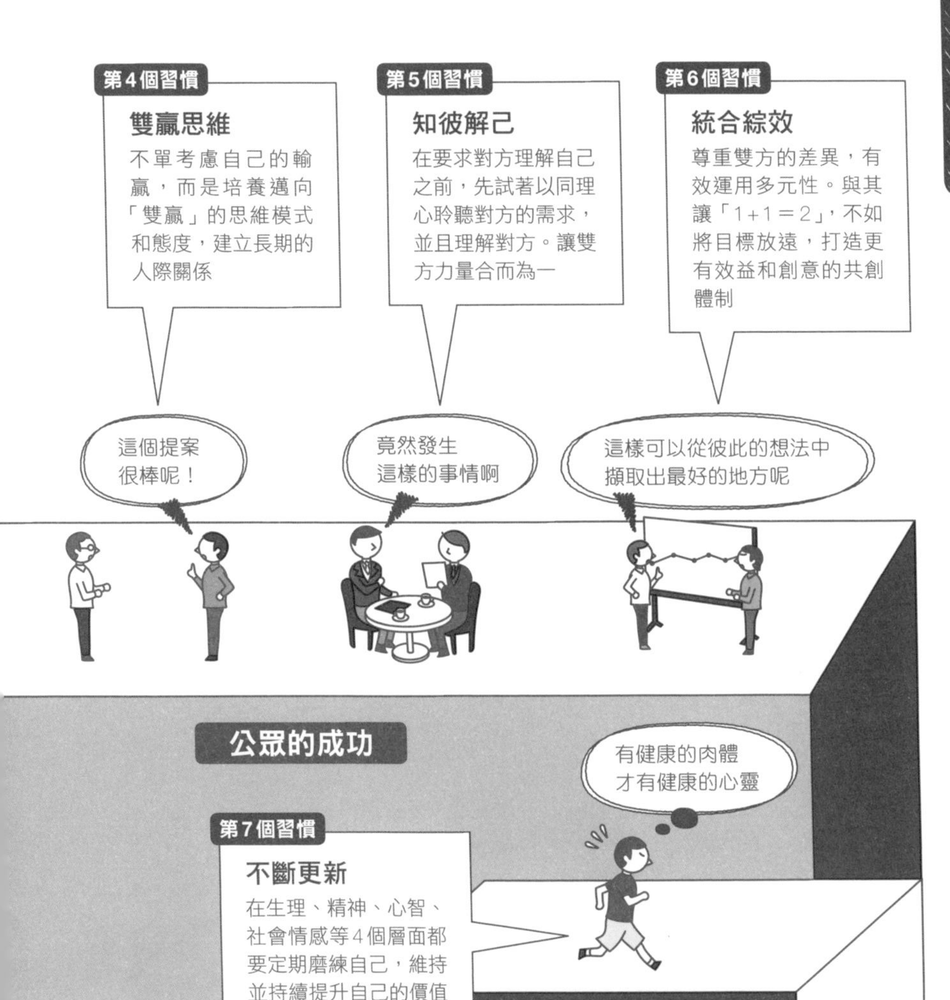

基業長青

詹姆斯・C・柯林斯、傑里・薄樂斯

由知名商業管理顧問所著，探討當今「已然崩解的迷思」以及如何打造超越時代、永續生存的企業。

《基業長青》由商業管理顧問詹姆斯・C・柯林斯與傑里・薄樂斯共同編寫而成。作者從全球企業中挑選出18家「高瞻遠矚企業」(※)，並做出徹底的研究，剖析成功企業的根本特質。柯林斯與薄樂斯認為，企業如果想要長盛不衰，必須要將核心理念和對持續進步的渴望充分滲透到組織內。為此，作者提出了企業必須導入的制度和措施。

已然崩解的12項迷思

偉大的構想創造出偉大的公司
高瞻遠矚公司需要魅力型領導者
追求利潤才是企業邁向成功的關鍵
高瞻遠矚公司需要共通的正確價值觀
持續變化才是唯一不變的事
不冒險才是成為優良企業的條件
對任何人來說，高瞻遠矚公司都是絕佳的工作環境
嚴密複雜的戰略和最佳選擇是成為成功企業的條件
從外部聘請ＣＥＯ可以帶來根本性變革
將擊敗對手作為首要目標，才能迎來成功
魚與熊掌不可能同時擁有
管理者的遠見宣言才能打造高瞻遠矚公司

※高瞻遠矚企業…擁有信念並且不害怕時代變化，長期保持優秀狀態的企業

在本書開頭，作者先列出了12種理念，這些都是過去的管理者對於打造成功企業的思考。然而，在經過充分的調查研究之後，發現這些理念其實都只是迷思。接著，作者依序證明這些理念為何只流於迷思，並且指出，如果想要成為偉大企業，最重要的關鍵就是要專注於核心理念、持續前進。本書對於想要打造高瞻遠矚公司的企業管理者，提出了珍貴的指引。

長青企業的3大分類

作者指出，企業如果想要長盛不衰，需要具備「8大法則」，這些法則又可以歸納為以下3大類。

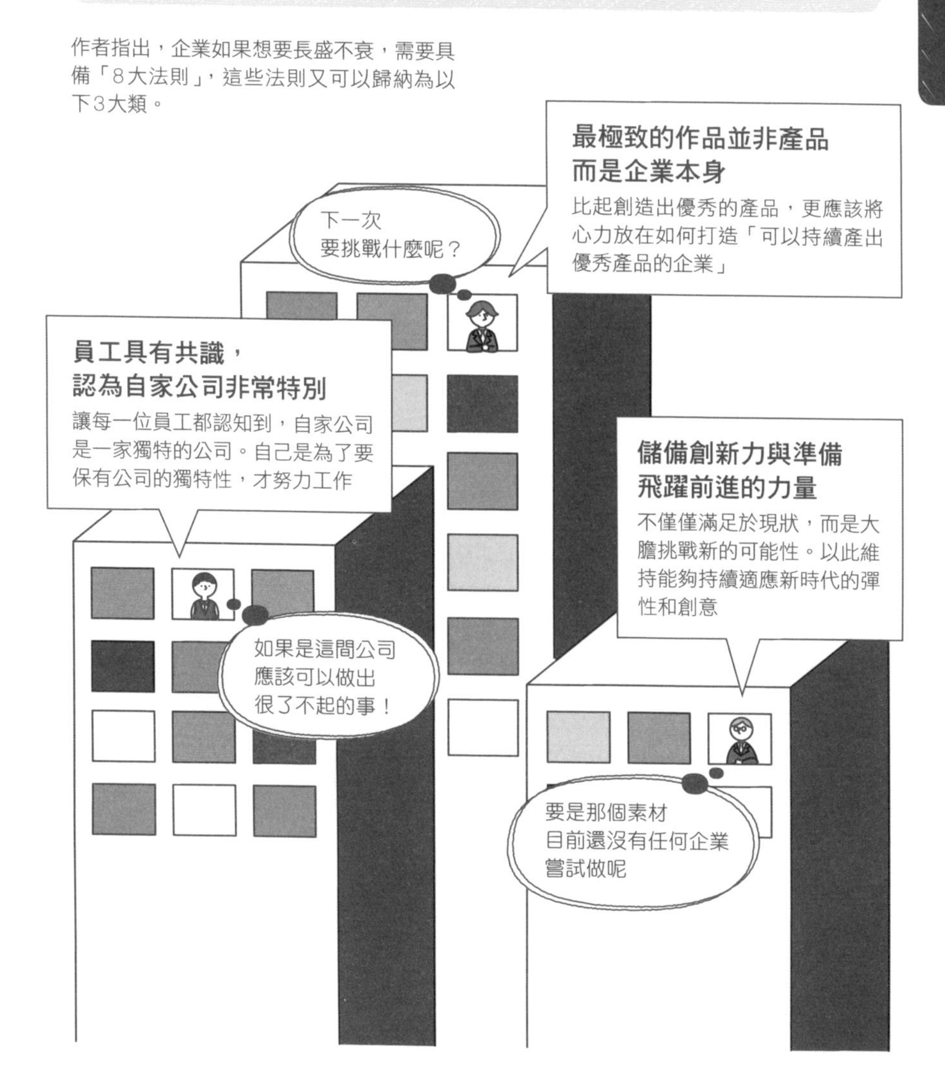

出版國 美國　初版時間 1997 年

富爸爸・窮爸爸

羅伯特・清崎

當代商業管理經典闡述了財務智商的重要性，並且改變了一般大眾對於金錢的思考方式。

《富爸爸・窮爸爸》由作家兼大學講師羅伯特・清崎與顧問兼註冊會計師莎朗・萊希特共同撰寫，是談論財務管理之道的書籍。清崎的父親雖然擁有高學歷卻收入不穩定，然而好友的父親13歲就中輟學業，但卻成為億萬富翁。他從兩個父親的財務觀念得到啟發，論述出一套獨特的理財哲學。這是一套學校不會教，但是充滿豐富實操財務觀念的作品。

富爸爸的「6個教誨」

「如果想要過上舒適的生活，金錢非常重要。」以這個觀點為前提，富爸爸從以下6個教誨中，教導讀者正確的理財方法。

❶有錢人不會為了錢工作

有錢人擁有一套生財之道，會讓錢為了自己而工作

就算我在休假資產也會增加

❷學習讀懂金錢的流向

增加資產（能夠帶來收入的不動產、金融資產等），排除負債（房子、車子等）

會為你帶來財富的才叫資產

❸擁有自己的事業

一邊持續目前的工作，一邊投資。投資標的是那些就算人不在場，也會帶來收入的生意，也就是資產（股票、帶來收入的不動產等）

收入並不是透過工作而來的

清崎比較了富爸爸和窮爸爸在「求學」、「教育」、「工作」、「財務」等層面的思考邏輯，接著一邊依照自己的實際體驗，先區分出「無法賺錢的工作」，再向讀者分析累積資產的方法。書中出現許多理財名言，例如「會說『明天再說』的都是胡扯」、「破產和貧窮不一樣。破產只是一時沒錢，貧窮卻會持續一輩子」、「放大自己對金錢的慾望和恐懼是最無知的」等。

出版國 美國 初版時間 1999年

誰搬走了我的乳酪？

史賓賽・強森

近年再次在日本掀起閱讀熱潮！本書是經常被全球頂尖企業內部研修教材採用的暢銷商業管理書籍。

《誰搬走了我的乳酪？》是由哈佛商業學院名譽會員、醫師斯賓賽・約翰遜所寫的商業管理書籍。兩隻老鼠和兩個小矮人在迷宮中發現一塊乳酪。但是某一天，乳酪卻突然不見了。小矮人感到絕望，只能一味分析現狀，但是小老鼠卻依循本能，繼續尋找新的乳酪。本書透過描寫他們不同的反應，提醒讀者不該執著於已經失去的事物，而是要採取行動，找尋新的目標。

乳酪就是「我們在人生中追尋的目標」

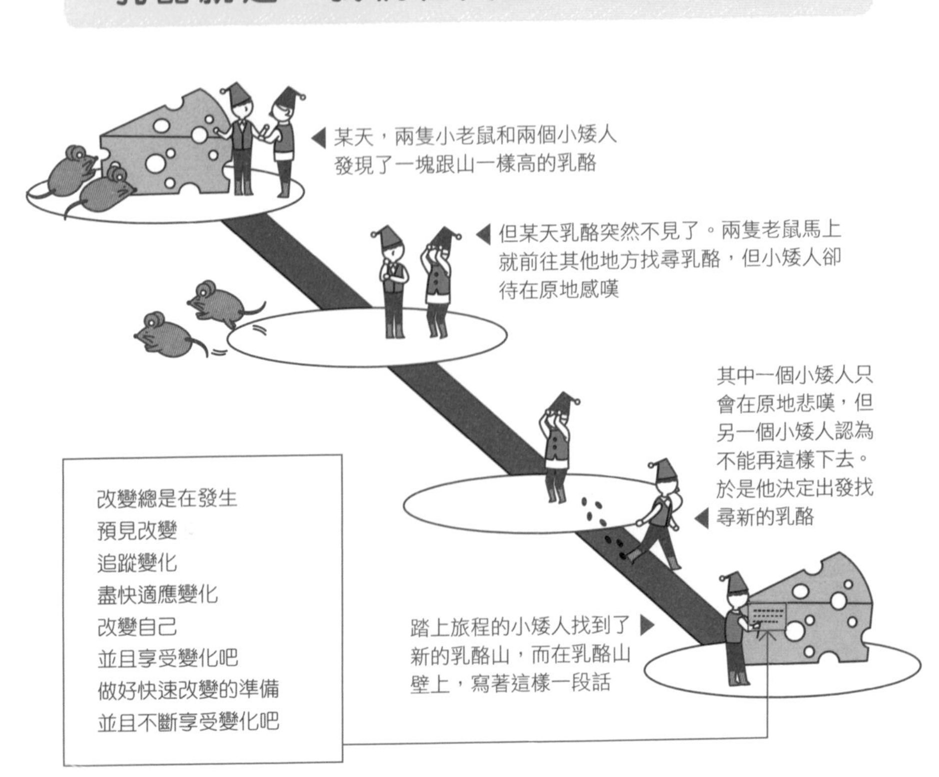

19 快思慢想

丹尼爾・康納曼

遇到事情時，你如何做出判斷？《快思慢想》是一本能協助商務人士做出更好決策的指南書。

人的判斷不一定合乎理性──《快思慢想》是諾貝爾經濟學獎得主暨心理學家康納曼解讀人類思維模式的實戰指南，解釋了人類因為「展望理論」、「啟發法」、「可得性偏誤」、「促發效應」等心理因素影響，導致決策謬誤的原因和模式。透過本書，讀者可以清楚理解，在做出重要判斷時，不能全然信賴主觀和直覺。

「快思」與「慢想」

人類擁有「快思」和「慢想」這兩種思考模式

※1促發效應…意指之前知道的訊息影響了後面的判斷或行動
※2暈輪效應…指評斷某事物時，會因為明顯的外觀或特徵而影響自己對其他特點的判斷（認知偏誤）

20 二十一世紀資本論

托瑪・皮凱提

本書為皮凱提的鉅作，以全球社會的貧富差距為核心做出論述，翻譯為英文後掀起一股熱潮。

《二十一世紀資本論》是新銳經濟學者托瑪・皮凱提論述財富分配與貧富差距之原因與對策的作品，在全球市場都很暢銷。皮凱提花了大約15年的時間，收集過去約300年間的全球各式統計資料，並以這些龐大資料為基礎展開他的貧富差距論述。他提出，如果要解決全球貧富差距問題，必須要設立永久存在的「全球性累進資本」，因此在全世界引發熱烈討論。

關於貧富差距擴大原因，皮凱提這樣思考

r（資本報酬率）

資本家不依靠勞動所產生的收入（相對整體資產價值的利潤、股息、利息、股票增值、資金等之占比）

r > g

g（經濟成長率）

勞工透過勞動所獲得的收入（環比前一年，一個國家在一年內產生的國民所得之成長率）

當經濟成長率下降……

勞工的收入（減少）

勞工

也就是說，隨著經濟成長率下降，資本家和勞工的差距就會越來越大

在本書中，皮凱提將貧富差距擴大的原因以「r>g」這個公式表現。r代表的是「資本報酬率」，簡單來說就是資本家在不依靠勞動下，透過資產所產生的收入。相對來說，g是「經濟成長率」，也就是勞工依靠勞動所獲取的收入。這個公式的意思就是，「資本家的資產所得遠遠超過勞工的勞動收入，因此，隨著經濟成長率下降，資本家和勞工的貧富差距就會越來越大。

因為技術變革而產生的貧富差距

乍看之下，技術變革是好事一件，
但是貧富差距也因此擴大了。

●在少子化現象嚴重的先進國家，繼承問題更加劇貧富差距

出生於富有階級的小孩，其財產將會繼續增加。如果想要解決這種貧富差距問題，只能透過提升遺產稅了。

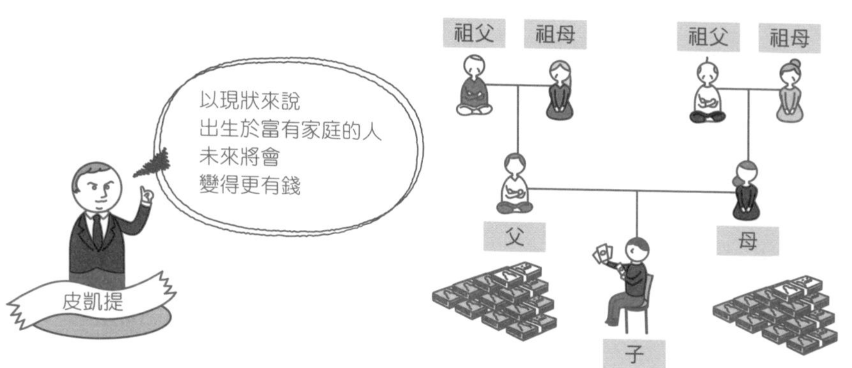

column No. 10

必備基礎知識

經典科學名著

星際信使

伽利略・伽利萊
【出版國】義大利 【初版時間】1610年

天文學者伽利略曾經因為「地動説」而捲入宗教判決，《星際信使》則是他的第一部著作。本書證實了哥白尼的地動説，也是實踐現今科學性方法論的第一本書籍，因此具有特殊的時代意義。

物種起源

查爾斯・達爾文
【出版國】英國 【初版時間】1859年

本書是自然科學家達爾文的代表作品。達爾文搭上英國研究艦艇，參與環遊世界的航程。他以這段旅程中的觀察為基礎提出進化論，不僅對生物學和科學帶來改變，對後代的社會思想也有重大影響。

寂靜的春天

瑞秋・卡森
【出版國】美國 【初版時間】1962年

本書是海洋生物學家瑞秋・卡森的暢銷作品。作者透過描寫鳥兒在春天不再鳴叫的情景，控訴化學物質的危險性。因為這部作品的出現，在全球掀起一波禁止使用農藥DDT的社會運動。

自然哲學之數學原理

伊薩克・牛頓
【出版國】英國 【初版時間】1687年

《自然哲學之數學原理》是以發現萬有引力而聞名的物理學家牛頓之作品。在本書中，牛頓闡明了物體運動法則，以及以萬有引力為根基的自然定律，被譽為近代科學界最重要的一部著作。

大陸與海洋之起源

阿爾弗雷德・韋格納
【出版國】德國 【初版時間】1915年

本書是氣象學家韋格納的作品。某天，當韋格納眺望著世界地圖時，突然發現相隔著大西洋的兩塊大陸，其海岸線竟然可以完整對上。這部作品論述了「板塊移動學説」，在現代依然非常重要。

雙螺旋

詹姆斯・華生
【出版國】美國 【初版時間】1968年

分子生物學家華生與研究夥伴相遇後，發現了DNA的雙螺旋構造。本書描寫這段過程中，許多不為人知的幕後故事。這個偉大的發現讓分子生物學出現了飛躍性的進展，作者華生也獲頒諾貝爾生理學醫學獎。

歷史・哲學
名著

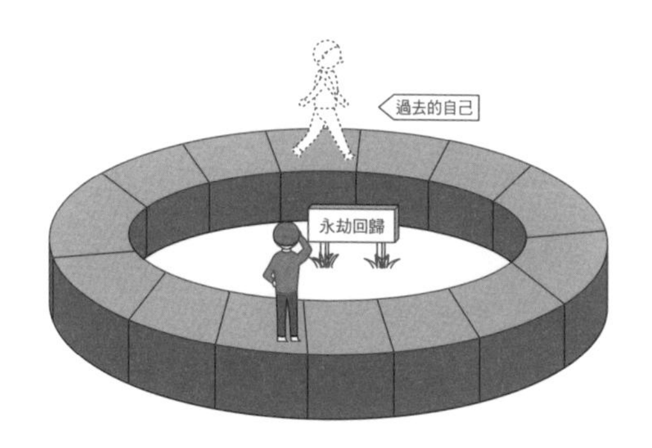

如果想要彰顯自己的涵養，
歷史和哲學絕對是必要的學問。
在輕鬆談話中，稍微帶入相關話題，
可以為你帶來「知性人士」的形象。

出版國 希臘　**初版時間** 西元前399年後

蘇格拉底的申辯

柏拉圖

本篇是古希臘哲學家柏拉圖為了紀錄老師蘇格拉底的思想和形象所寫，為柏拉圖《對話錄》早期的篇章。

古希臘哲學家蘇格拉底曾遭到控訴，認為他不認同國家信仰的眾神，並且腐化青年。本篇作品即是熟知蘇格拉底思想的弟子柏拉圖，將蘇格拉底在這場審判的申辯，以文字記錄整理而成。蘇格拉底闡述了他對「無知之知」的看法，他指出：「對於善和美，我知道自己什麼都不知道。以這一點來說，我的智慧稍微贏過他們一些。」透過這樣的文字，柏拉圖刻畫出一位持續探尋正確生存方式、性格孤傲的哲學家樣貌。

蘇格拉底在法庭上闡述的思想

蘇格拉底被帶到法庭審判。柏拉圖描繪了他在法庭上申辯的樣貌，將蘇格拉底的思想精髓留存下來。

無知之知

蘇格拉底在德爾斐的阿波羅神殿中獲得神諭，神諭指出，他是萬人之中最聰明的人。然而，蘇格拉底認為自己並不聰明，為了確認神諭的真偽，他四處拜訪被尊稱為賢者之人，與他們辯論，因此招來反感。

我們比你懂得更多

他們明明什麼都不知道
卻認為自己什麼都懂
因為我明白自己的無知
這一點來說稍微贏過他們

被尊稱為賢者之人

蘇格拉底

我並不是智者
只是「熱愛知識的人」
對於知識的無止境探索
正是靈魂所渴求的事情

靈魂

靈魂

死後，只會剩下靈魂

蘇格拉底

對靈魂的重視

蘇格拉底批判了只重視金錢和地位的雅典市民，認為他們過於墮落。他指出，當肉體腐敗毀滅後，只會剩下靈魂。而人生最重要的目的，就是為了盡可能讓靈魂趨於美善。

形上學

亞里斯多德

亞里斯多德所寫的形而上學經典。本部作品的出現，對於接下來數千年的西方社會帶來關鍵性的影響。

本部作品由柏拉圖的弟子亞里斯多德所寫，共14卷，許多後代西方哲學思想的基礎概念都由此而來，但作品直到亞里斯多德死後才出版。《形上學》以研究存在和事物本質的各式原理原因的「第一哲學」為核心，做出許多論述。柏拉圖主張，「在天上的世界中，存在著『理型』，世間萬物都不過是理型的模仿物」，但是亞里斯多德對於老師的看法存有疑惑。他認為，萬物的本質應該是存在於每一個個體之中。

亞里斯多德的形上學

●柏拉圖與亞里斯多德的想法不同

柏拉圖的想法

房屋的理型

現實中的房屋

房屋的本質存在於理型世界之中

亞里斯多德的想法

房屋的本質
※建造一座房屋所使用的材料

現實中的房屋

房屋的本質存在於個體之中

「形式」和「材料」

此外，亞里斯多德認為，每一件個體的本質可以分為兩個層面，第一是呈現出個體的表象（形式），還有形塑出個體的素材（質料）。

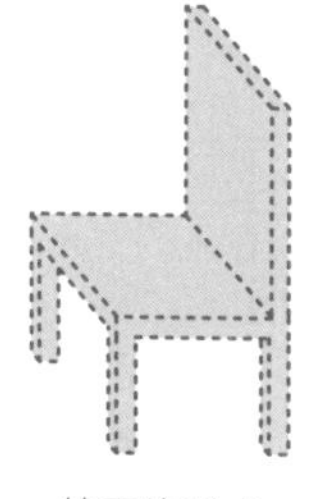

椅子的形式
※人坐在上面休息的樣子

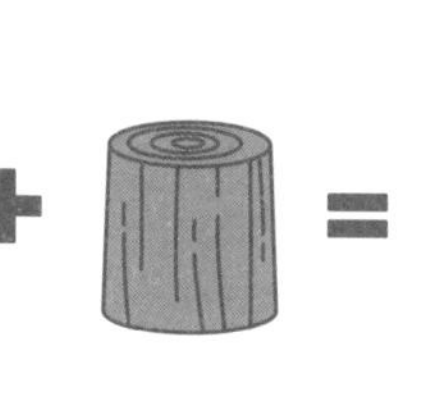

椅子的質料
※木材

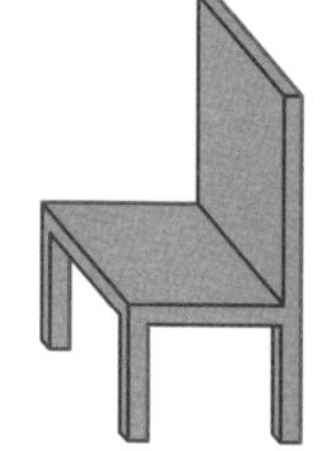

現實中的椅子

高盧戰記

尤利烏斯・凱撒

羅馬大將軍親筆寫下的遠征紀錄，作為了解當時的高盧與日耳曼尼亞地區來說，都是非常珍貴的史料。

羅馬大將軍凱撒曾說：「骰子已經擲下。」《高盧戰記》正是他的著作。書中描繪了西元前58年到51年間進行的高盧（※）遠征戰記。全書共分8卷，每一卷分別記載了一年之間的戰事。凱撒以第三人稱所寫的文章內容，被譽為拉丁散文的巔峰，甚至連同時代的知識份子西賽羅也賦予高度評價。此外，書中隨處可見日耳曼人等種族的風俗習慣，作為理解古代日耳曼社會來說也是非常珍貴的史料。

凱撒的一生

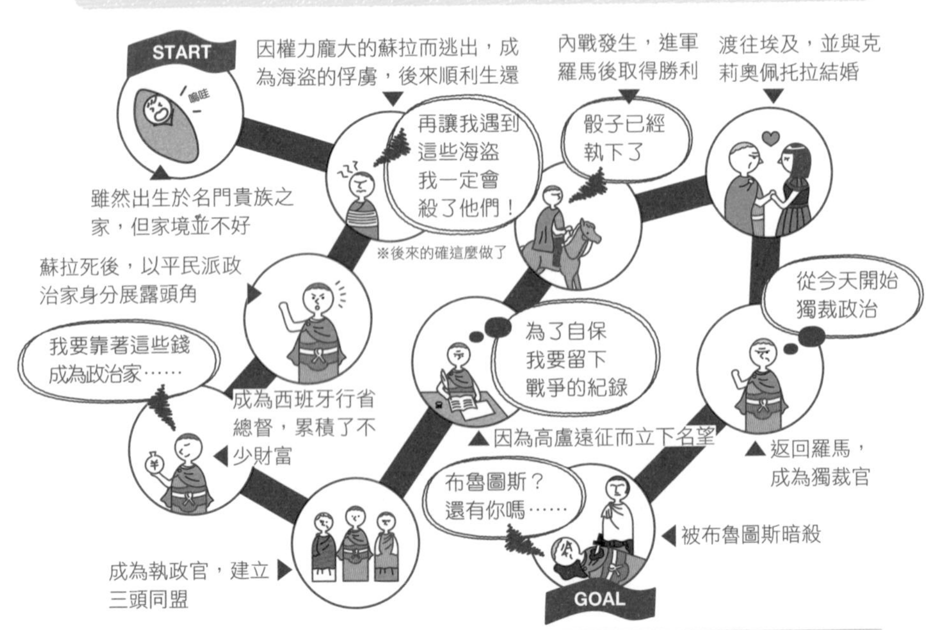

※高盧…包括現今的法國、比利時全境和荷蘭的南部、德國萊茵河以南的地區和瑞士大部分領土。

西元前52年，凱撒率領著羅馬軍隊攻向號稱堅不可摧的阿萊西亞。當時將領維欽托利率領8萬大軍的高盧聯軍，死守著阿萊西亞城。雖然維欽托利耗費了7個月抵抗羅馬軍隊，最後還是被攻破，他成為俘虜，被帶往羅馬處死。這場重要戰役出現在《高盧戰記》的第7卷，代表了從西元前58年開始的高盧戰爭之終結。從此高盧成為羅馬的屬地，併入版圖之中。

高盧戰爭中最重要的決戰「阿萊西亞之戰」

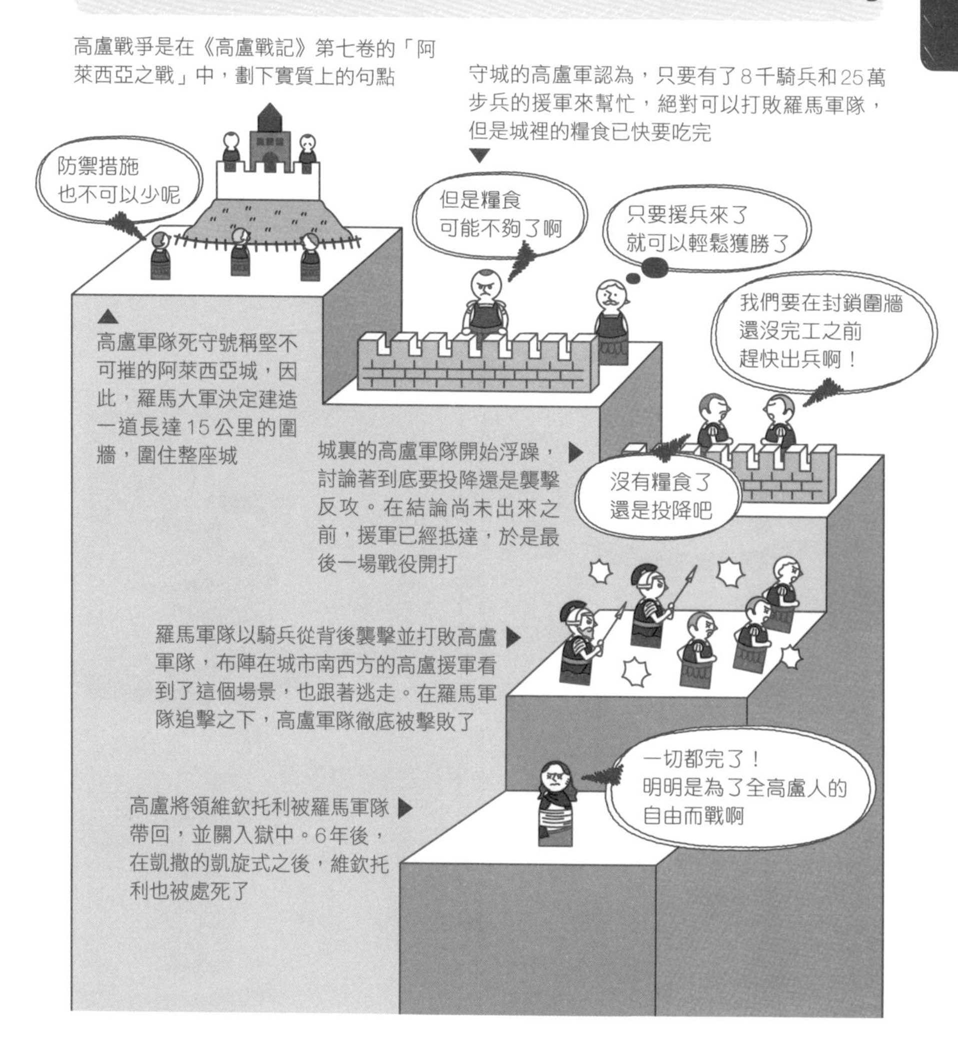

出版國 中國　初版時間 西元前91年左右

史記

司馬遷

中國最早的一部正史，時間跨度長且內容龐大，記錄了從遠古黃帝到漢武帝之間兩千多年的歷史。

《史記》是由史家司馬遷編纂的中國歷史書。全書共有130卷，包含記載帝王事蹟的「本紀」、年表的「表」、談文化制度史的「書」、作為本紀之補充的「世家」，還有描繪各式人物傳記的「列傳」。在「本紀」中，不僅有歷史上實際存在過的皇帝，還有記載了傳說中的5位遠古皇帝之「五帝本紀」，以及紀錄三大朝代的「夏本紀」、「殷本紀」、「周本紀」。

出自史記的故事和成語

▲先發制人

出自「項羽本紀」，意指搶在他人行動之前行動，對自己才會有利。會稽郡守殷通對項羽說：「先發制人，後發制於人。」奉勸項羽應該及早攻入城都

▲四面楚歌

出自「項羽本紀」，指被敵人包圍，陷入孤立狀態。楚國項羽被劉邦包圍時，劉邦的軍隊故意吟唱楚國的歌曲，讓他誤以為楚國人民已經投降，因而感到絕望

刎頸之交▲

出自「廉頗藺相如列傳」，指可以同生共死的至交好友。同為趙國臣子的藺相如和廉頗雖然原先不合，但在理解彼此的想法之後，反而成為生死與共的好友

▲寧為雞首不為牛後

出自「蘇秦列傳」，意指與其跟隨強大勢力，不如在力量較小的陣營裡稱王。為了對抗強勢的秦國，縱橫家蘇秦勸導周邊六個國家的君王組成聯盟

元朝祕史

作者不詳

以蒙古帝國成吉思汗為核心的歷史書籍。記載了從成吉思汗的祖先一直到窩闊台為止的蒙古傳說和歷史故事。

本書為蒙古族的古典歷史故事，共分12卷。在正篇中，從成吉思汗的祖先「蒼狼」的傳說開始敘述，接著描述了成吉思汗的生平，包括他如何平定周邊部落，完成蒙古高原統一大業，最後登上蒙古帝國皇帝之位的故事。續篇則紀錄了成吉思汗的征戰與死亡，還有繼位者窩闊台（太宗）的王朝治理，以及遠征的過程。本書作為史料來看，也相當具有價值。

成吉思汗的生平

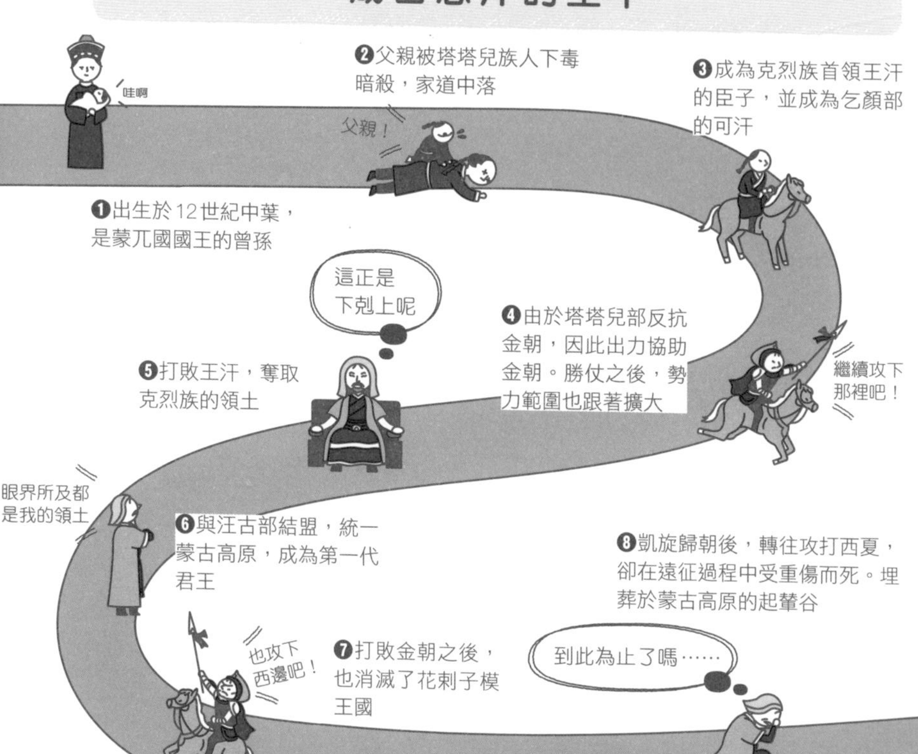

出版國 法國　初版時間 1637年

06 方法論

笛卡兒

《方法論》是被譽為「近代哲學之父」笛卡兒的代表作品。名言「我思故我在」便出自這本書。

本書是笛卡兒的第一部哲學作品，以六個篇章構成，出版於1637年。在這部作品中，笛卡兒揭示了自己對哲學的觀點，他認為，哲學的出發點應該在於「只要是以理性思考，無論是誰都可以理解這些知識」。因此，笛卡兒為了讓當時的女性和小孩也讀得懂這本書，特地採用法語書寫，而非拉丁語。本書建構的思考方法稱為「笛卡兒主義」，對近世的哲學和科學方法論都帶來偌大影響。

「自我意識」就是世界的中心

笛卡兒書寫本書時，一般普遍認為，世界的中心就是上帝。但是在這種社會氛圍中，笛卡兒卻指出，世界的中心並非上帝，自我意識才是最重要的。

將知識帶給所有人

笛卡兒的中心思想是將知識平等地推廣給每一個人。因此，他在撰寫《方法論》時，特地不用當時學術論文的書寫語言拉丁文，而是採用一般大眾都能理解的法語。

笛卡兒指出，只有探求真理才是他最關心之事。只要感到一絲不確定，就要反覆思考，以驅逐內心的疑惑。如果為了找到真理而持續懷疑，那麼現在內心產生懷疑的自己，就真的存在著，也就是「Cogito, ergo sum（我思故我在）」。笛卡兒認為，只要掌握了思考的方法和原理，無論是誰，都可以找到真理。而他的信念也埋藏在「我思故我在」這個命題之中。

懷疑一切因此存在

我思故我在

當懷疑一切事物，最終就會發現，只有正在思考的「我」是存在的，並且只有這一件事才是真理。

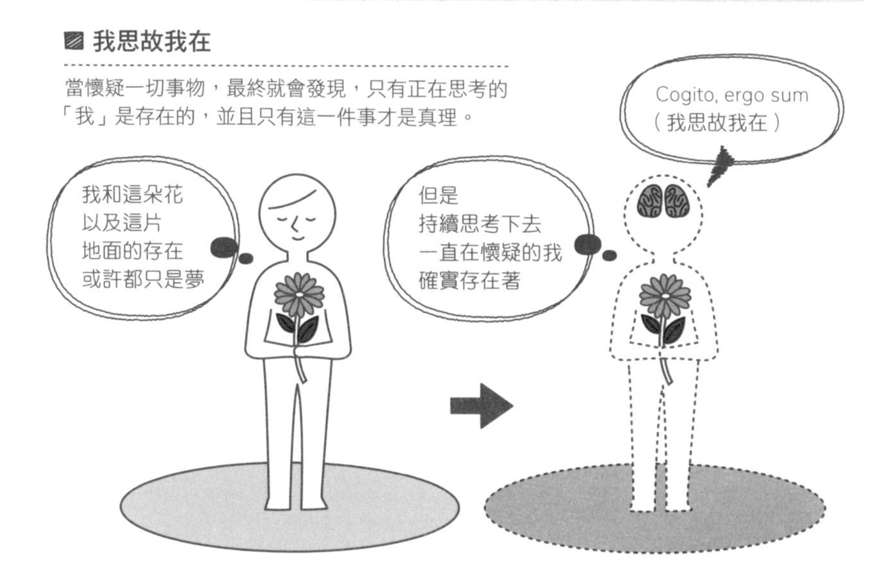

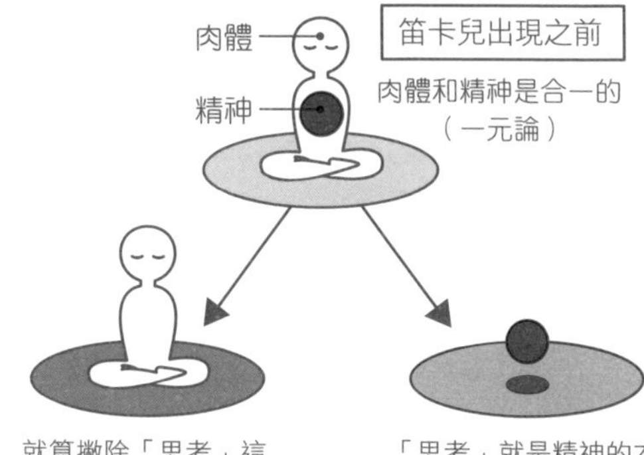

物心二元論

笛卡兒認為，「物（肉體）」和「心（精神）」是各自獨立存在的。如果再加上「上帝」，就成為構成世界的三大要素。此外，「物心二元論」催生了切分主體和客體的思考方法，並成為近代哲學的一大討論主題。

羅馬帝國衰亡史

愛德華・吉朋

《羅馬帝國衰亡史》是歷史學家吉朋的史學巨著，以文字描繪出羅馬帝國在1300年間的興衰史。

本部史學巨著記載了從安敦寧大帝統治時代到東羅馬帝國滅亡之間，共1300年間的歷史。全書共6卷，第1卷在1776年出版，最後一卷則是在1788年問世。出版之後，立刻成為話題焦點，例如經濟學家亞當・史密斯和英國首相邱吉爾等知名人士都盛讚不已。本書不僅述說了羅馬帝國的興衰過程，也可在字裡行間看到作者不時借古諷今，對當時的英國社會提出忠告，具有啟蒙主義特色。

羅馬帝國的興盛與衰亡

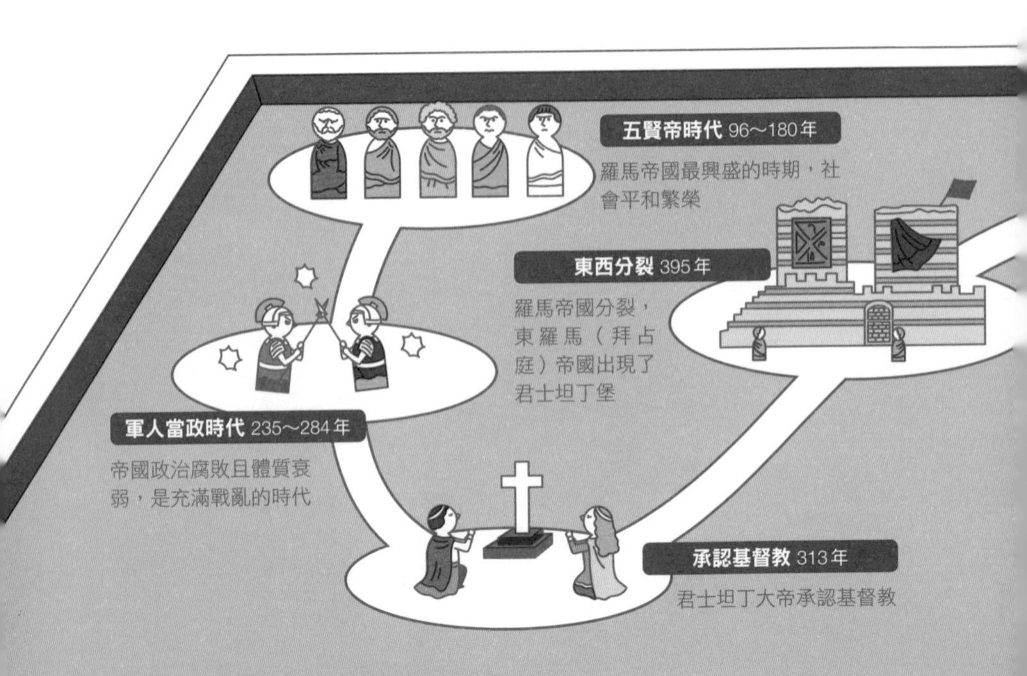

《羅馬帝國衰亡史》從羅馬帝國最繁盛的五賢帝時代（西元96～180年）開始寫起，以極具戲劇性的筆法一路描繪了東西羅馬帝國的分裂、西羅馬帝國的滅亡、東羅馬（拜占庭）帝國皇帝查士丁尼一世計畫復興羅馬帝國卻面臨失敗、與伊斯蘭勢力的對抗、十字軍東征，再到1453年穆罕默德二世率領鄂圖曼帝國侵襲，導致首都君士坦丁堡淪陷，最後拜占庭（東羅馬）帝國正式滅亡。

出版國 德國　初版時間 1781 年

純粹理性批判

伊曼努爾・康德

《純粹理性批判》是德國哲學家康德的劃時代著作，他在書中審視了純粹理性能力的意義和能力範圍。

本書由康德所著，是西洋哲學史上的重要作品。在這部著作中，康德揭示了「先驗性觀念論」的觀點，解決了合理論（※1）和經驗論（※2）的對立狀態。也可以說，康德擷取了合理論和經驗論的優點，消解兩者的對立，並且提出更具有普適性的認識論。《純粹理性批判》與《實踐理性批判》、《判斷力批判》合稱為「康德的三大批判」。

人類只能透過認知裝置來理解事物

康德在本書中，探尋了人類認知能力的本質和極限。他認為，人類理性所能理解的事物，僅限於曾經出現在眼前的對象（現象）。而預設存在於該對象之後的事物（物體本身）則是不可知的。

人類只能透過以「感性」、「悟性」、「理性」所構成的認知裝置來理解外界

預設存在於該對象之後的事物（物體本身）則不可知

※1 合理論…主張應該由人類的理性推論來掌握客體
※2 經驗論…主張應該由人類的過往經驗來掌握客體

康德在《純粹理性批判》中指出，人類的主觀判斷具備了以「感性」、「悟性」、「理性」所構成的認知裝置，而人類就是透過這些裝置來理解外界（物體本身）。反過來說，任何事物都是透過人類的認知方式來做出決定和判斷。而這和過去一般理解的方式——也就是「先有對象才有認知」的方向正好相反，因此在當時成為極具衝擊性的新概念，也被稱為「哥白尼革命」。

為哲學界帶來衝擊的「哥白尼革命」

康德認為，人類不是因為有對象才有認知，而是透過認知裝置為事物訂下規則秩序，再將其視為一種現象。也就是說，不是知識符合對象，而是對象符合認識。

過去的想法（知識符合對象）

先有對象，人類再認知對象

康德的想法（對象符合認識）

依人類的認識定義該對象，使其變為現象

不知道該物體到底是什麼樣的東西

也就是說，是人類的認識創造出現象

「哥白尼革命」的意義

過去天動說被視為一般常識，但哥白尼提出地動說推翻該看法。而康德將認識與對象的關係重新定義，因此被稱為「哥白尼革命」。

精神現象學

弗里德里希・黑格爾

黑格爾是將德國觀念論集大成之哲學家，《精神現象學》則是他探討人類「意識」的哲學巨著。

《精神現象學》是黑格爾的哲學巨著。黑格爾是德國觀念論代表思想家，以建構出辯證法聞名。他在書中點出「只有精神上的成果才具有現實性」，並闡述了從自我意識、理性、精神、宗教再到「絕對知識」的過程，建構出一套稱為「觀念哲學」的獨到哲學理論。雖然內容十分艱澀，但是為後代的哲學家帶來偌大影響。

黑格爾的辯證法和絕對知識

黑格爾認為，只要使用以下的辯證法，人類就可以到達「絕對知識」的階段。此外，黑格爾將這套辯證法運用在人類歷史上，認為在對立和整合的循環過程之下，將能到達「絕對知識」的層次，建構出更好的未來。

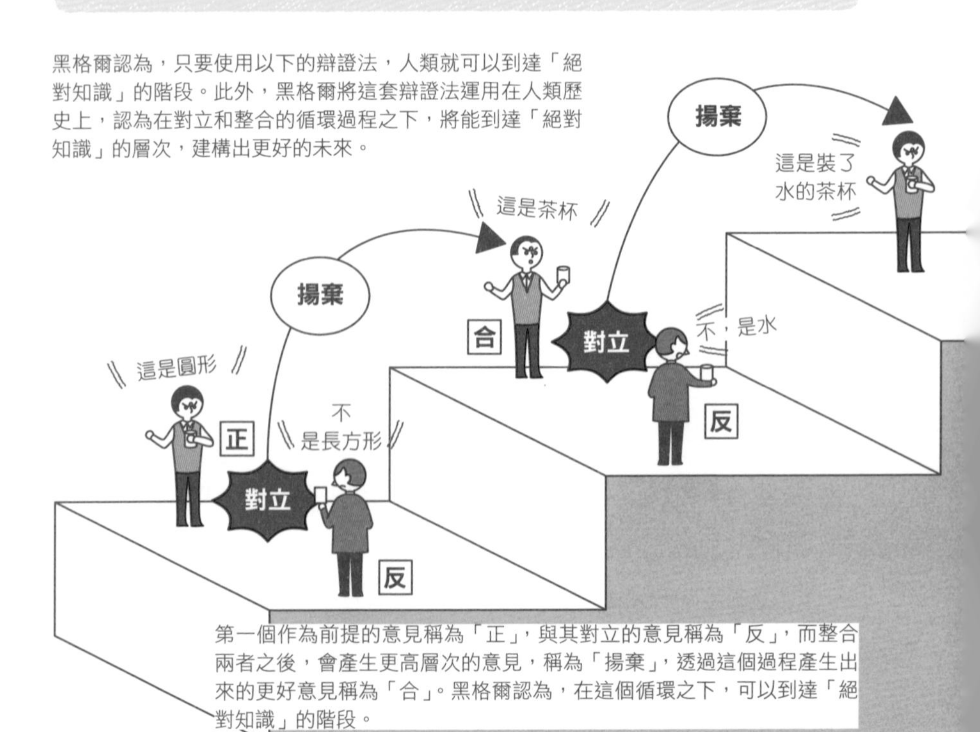

第一個作為前提的意見稱為「正」，與其對立的意見稱為「反」，而整合兩者之後，會產生更高層次的意見，稱為「揚棄」，透過這個過程產生出來的更好意見稱為「合」。黑格爾認為，在這個循環之下，可以到達「絕對知識」的階段。

黑格爾在本書中論述了人類意識發展的可能性。他主張，人類的意識一開始非常簡單純樸，透過各式各樣的經驗逐漸成長後會形成自我意識，接著再成為理性，最終則會到達一個近乎上帝、看透一切的「絕對知識」階段。本書奠定了黑格爾在近代哲學集大成之地位，雖然尊崇其思想的人很多，但也出現了許多反黑格爾思想者。

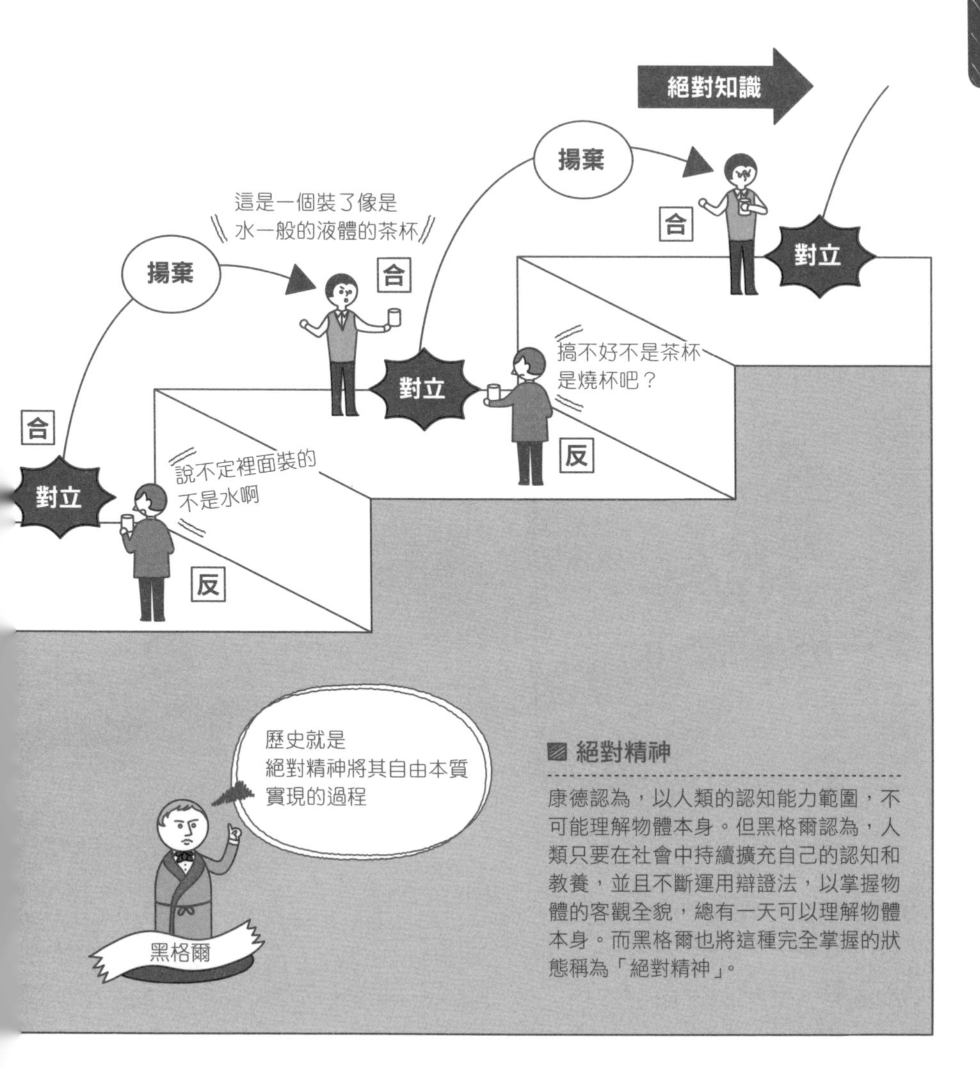

絕對精神

康德認為，以人類的認知能力範圍，不可能理解物體本身。但黑格爾認為，人類只要在社會中持續擴充自己的認知和教養，並且不斷運用辯證法，以掌握物體的客觀全貌，總有一天可以理解物體本身。而黑格爾也將這種完全掌握的狀態稱為「絕對精神」。

致死之病

索倫・齊克果

《致死之病》是宗教思想家齊克果的哲學著作，書中名句為「絕望是致死之病」。

本書是被譽為存在主義之父的宗教思想家齊克果的代表作品。在這本書中，齊克果指出，「人不會因絕望而死」是絕望原本的意義。此外，他也對黑格爾的論述提出反對意見。黑格爾認為，如果是為了萬人共通（具有普適性）的價值而犧牲例外價值，是無可避免的事。但齊克果認為，不存在於普適性價值之內的例外，其存在本身正是價值所在。

成為守護自我價值的「例外者」吧

齊克果指出，在快要被內心的孤獨、不安與絕望所擊敗的狀況之下，仍然能夠守護獨特自我的「例外者」，其存在本身就是真正價值所在

例外者＝獨行者

齊克果認為，如果要成為「例外者」，就不能被世俗大眾的想法所同化，而是要勇於獨自守護自己所信仰的事物（對齊克果來說就是上帝），成為「獨行者」

齊克果在《致死之病》中主張，絕望就是脫離了自我應當存在的狀態。而絕望又分成兩大類型，第一種絕望是只執著於追求理想幻夢，並且沈溺其中（無限性的絕望和可能性的絕望），第二種絕望是嘲笑理想並且隨波逐流（有限性的絕望與必然性的絕望）。他認為，人是透過不斷與自己對話而存在，不論是絕望或是希望，都是從個人與自我的關係發展而來。

齊克果所闡述的絕望

齊克果指出，絕望就是偏離了自我應當存在的狀態。也就是不正視自己的信仰、沈溺在理想幻夢之中、隨波逐流的狀態。

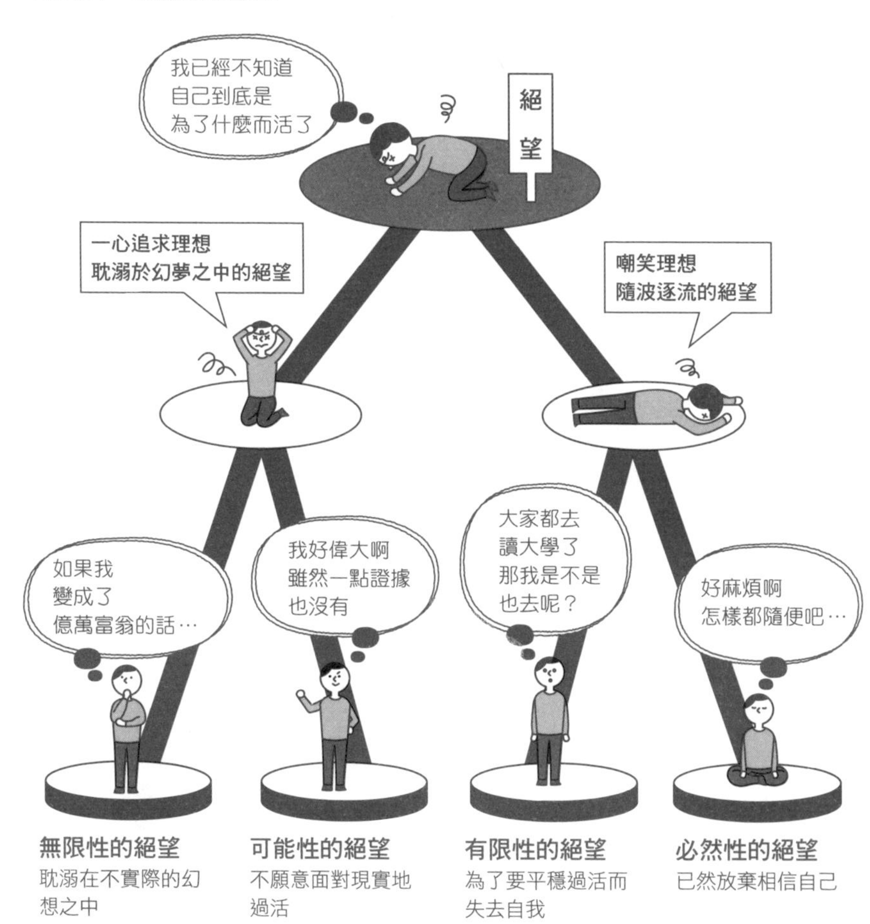

無限性的絕望
耽溺在不實際的幻想之中

可能性的絕望
不願意面對現實地過活

有限性的絕望
為了要平穩過活而失去自我

必然性的絕望
已然放棄相信自己

查拉圖斯特拉如是說

弗里德里希・尼采

《查拉圖斯特拉如是說》是以「上帝已死」一語聞名的尼采後期代表著作。本書中，下山的主角闡述了「超人」思想。

對於《查拉圖斯特拉如是說》，德國哲學家尼采曾這麼說：「這本書的聲響將能傳至數千年以後，這是世上最有價值的書。」書中以寓言的方式描寫一位結束10年山居歲月的男子查拉圖斯特拉，從「上帝已死」的虛無主義邁向「永劫回歸」這樣極致肯定的轉變過程。正如書本副標所寫「這是一本誰都能讀，卻誰也讀不懂的書籍」，雖然文句本身簡明易讀，但是背後隱含的意思卻不容易理解。

查拉圖斯特拉所說的「上帝已死」

在本書中，查拉圖斯特拉結束了多年的山居歲月，來到城鎮。尼采則透過這個故事傳遞自己的思想。查拉圖斯特拉所說的「上帝已死」，反映出尼采對寫作時的19世紀後半，基督教的教義已失去價值、只剩空殼的批判。

查拉圖斯特拉在30歲時離開故鄉，前往山中隱居。10年後，他決定下山。在下山的路途中，他遇見了森林之聖者，重新理解了上帝之死，並且將其中的道理闡述給造訪城鎮的人們。查拉圖斯特拉傳道、鼓勵人民，後來卻拋下深知他的朋友，一個人離開了。而經歷了第三次山居的查拉圖斯特拉，終於想通了代表極致肯定的「永劫回歸」之道理。

代表極致肯定的「永劫回歸」

在故事的最後，查拉圖斯特拉開始闡述代表極致肯定的「永劫回歸」。所謂「永劫回歸」是指，人世間並沒有來世，而是在毫無意義的狀態下不斷輪迴重複。而查拉圖斯特拉對這樣重複的人生表示肯定及熱愛。

●過去的思考方式

在基督教和黑格爾的哲學中，人生和歷史都是朝著某一個目標前行、進步

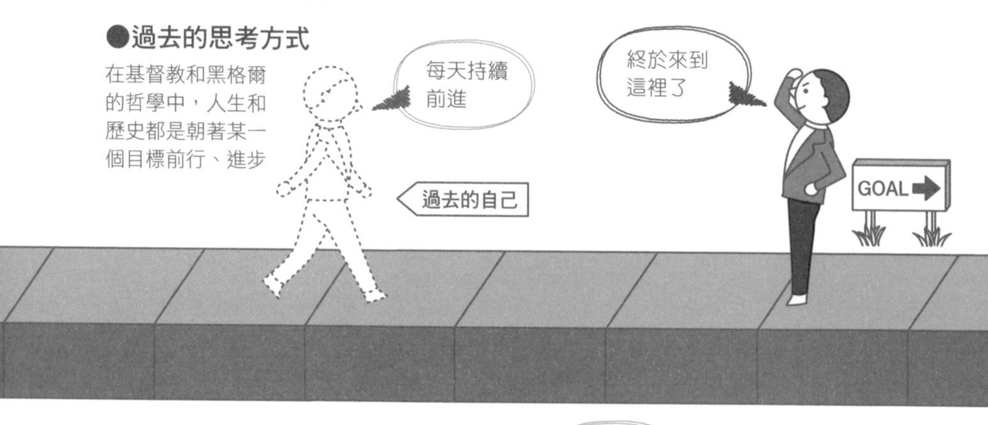

●尼采的思考方式

但在尼采提出的「永劫回歸」裡，他認為，人生或歷史都沒有所謂的進步可言，只是在無限延續的時間中變化、重複而已

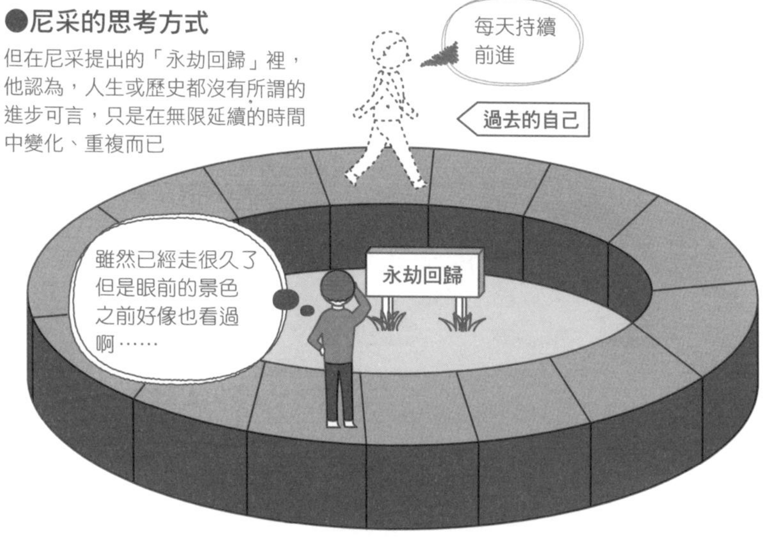

論幸福

阿蘭

《論幸福》是哲學家阿蘭所撰寫的幸福指引，被稱為「三大幸福論（※）」之一。

《論幸福》是法國哲學家、道德主義者阿蘭以幸福為主題的文集。他指出，幸福是從人的自我意志和自我克服而來，想尋求幸福的心情和為此所做的努力非常重要。也就是說，想要變得多幸福，就要看自己的思考方式是什麼樣子。本書是以類似專欄的短文集結而成，在書中稱為「節」。本書共有93節，被譽為法國散文的傑作。

想要獲得幸福的心態和努力很重要

阿蘭在本書中揭示了尋求幸福的思考方法。他認為，人只要改變思考方式，就可以變得幸福。這也是貫穿全書的思想。

要忍耐完成
討厭的難題
不但辛苦又不開心

只要改變思考方式
就可以變得幸福
最重要的是想要幸福的
心態和你所做的努力

但是你只要抱持著
「今天要努力到那裡」的
積極心態
不但心情會變好
也會感到幸福喔！

幸福具有傳染力

阿蘭認為，幸福具有傳染力，因此為了要讓整體社會幸福，個人也不能不幸福。

※三大幸福論…指卡爾・希爾蒂、伯特蘭・羅素和阿蘭三人個別寫的《論幸福》。

存在與時間

馬丁・海德格

海德格被譽為「存在的探尋者」，本書是他未完成的著作，也被稱為20世界最好的一本哲學書籍。

德國哲學家海德格在本書中主張，人類應該要思考「存在的意義」。他將存在於現實的人稱為「親在」,「親在」在日常生活所需的必要物體（事物），只有在他理解「存在」時才真正存在。此外，世界是倚靠「存在」這個概念而建構出來，人類則是一邊闡述解釋著這些思想，一邊生活著。海德格將這種人類獨有的存在方式稱為「在世界的存在」。

人類透過與世界產生連結而存在

世上只有人類能夠思考自己和物體「存在」。海德格將能夠理解「存在」之概念的人稱為「親在」，他主張，世界（例如他者、物體、環境、時間等）是因為人類和世界產生連結，了解存在的那一刻才真正存在。

在世界的存在

人類從誕生開始，就以五感和自我意識來解釋世界、與世界產生連結，並透過這種方式存在。這種人類特有的存在方式，稱為「在世界的存在」。

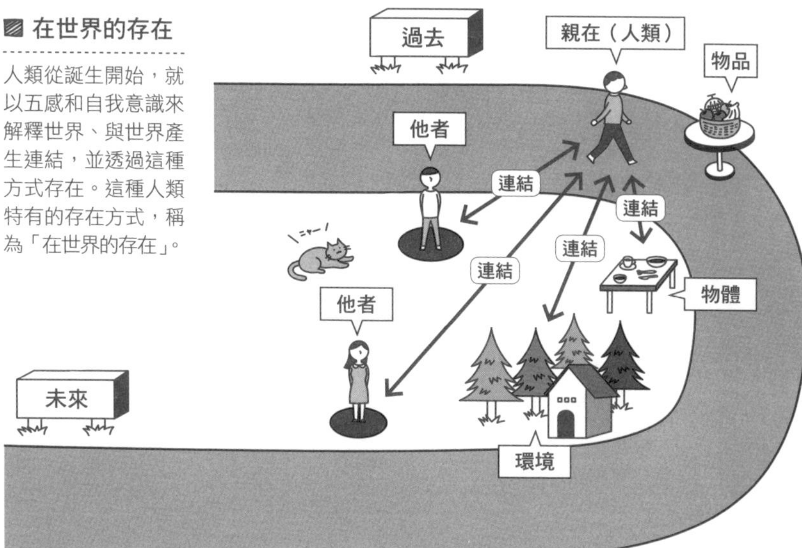

哲學研究

路德維希．維根斯坦

《哲學研究》是揭示維根斯坦後期思想的代表著作，透過本書，他論述了日常生活中的語言作用方式。

本書是彙整哲學家維根斯坦遺稿之著作。從前期著作《邏輯哲學論》出版後，維根斯坦便暫時揮別哲學領域，而《哲學研究》則是他回歸哲學，並闡述「語言遊戲」理論的著作。他指出，日常生活中的語言是透過人類的使用方法來決定其含義，可以比喻為時常更新規則和組合方式的遊戲。此外，他指出，透過語言遊戲的概念也可以分析許多不同的問題。

生活中的語言會依狀況產生不同含義

維根斯坦所說的「語言遊戲」，是指語言會依照時間和狀況而產生不同的含義。例如「今天很冷」這句話，就會依照聽者不同的狀況而改變意思。

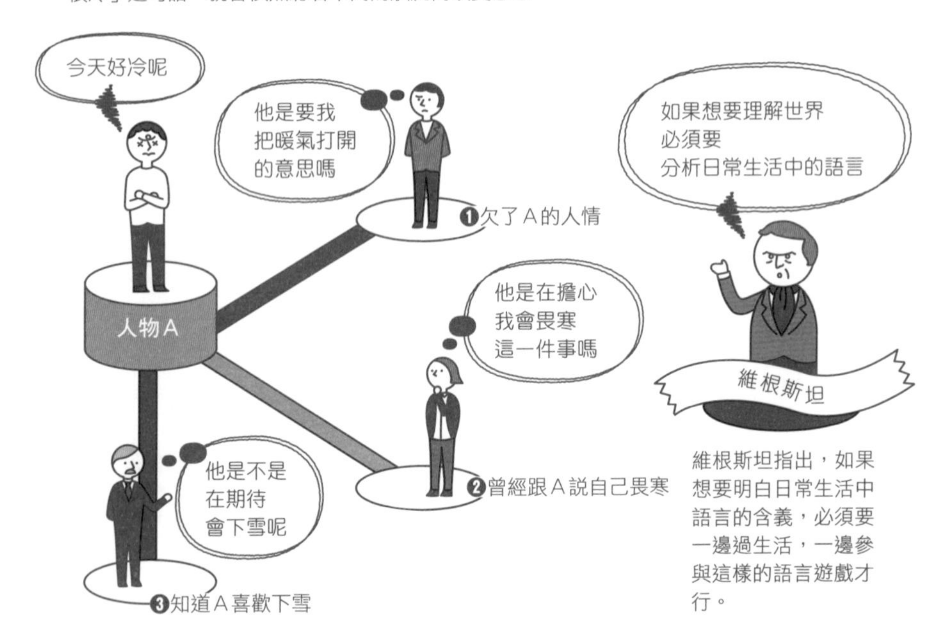

聲音與現象

雅克・德希達

後現代思想曾經風靡了20世紀末社會，本書是將其代表性思考模式「解構主義」廣泛傳播的哲學著作。

本書是德希達早期的代表作品。德希達對於西洋哲學中，許多哲學性前提都抱持著疑問的態度，而他在本書中，也對於過去「二元對立」的想法提出批評。所謂二元對立就是將人類的感想（思考）視為原型，而語言為其複製品，且感想的存在優於語言。德希達認為，這種思考方式存在矛盾。而代表後現代思想的「解構主義」因本書廣為流傳，為文學、建築、戲劇等領域都帶來影響。

感想（思考）和語言並無優劣之分

西洋哲學中，存有「二元對立」的思考方式。例如看到機器人時，內心會出現「很帥」的感想（思考），嘴巴則會說出「很帥」。在二元對立的觀點裡，嘴巴說出的語言，是感想的複製品，而作為原型的感想，其存在優於語言。但德希達對這種看法提出異議。

●二元對立的思考方式

在區分事物優劣的「二元對立」思考模式中，感想（思考）的存在優於語言

●解構的思考方式

感想（思考）複製了曾在他處見聞過的語言。因此，原型和複製品之間並無優劣之分，而是會反覆出現的存在。德希達這種思考方式稱為「解構」。

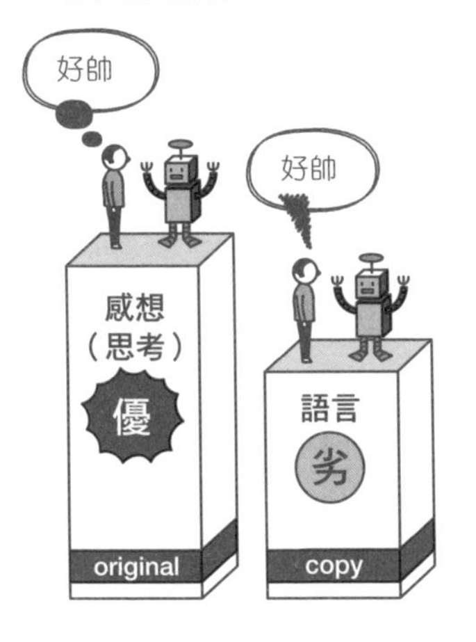

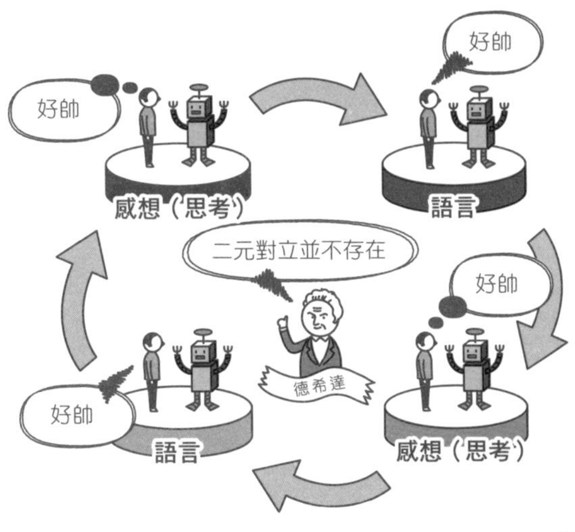

column No. 11

聖經・古蘭經的世界

說起聖經，應該很多人會自然想到「舊約」和「新約」吧。在日本，大家多半是在基督教的影響之下閱讀聖經，因此會這麼想是很正常的。不過，這樣的稱呼其實是從基督教的觀點出發，若以猶太教來說，因為他們不承認所謂的《新約聖經》，當然也不會有《舊約聖經》這樣的說法了。因此近年來，有些人才會開始將猶太教的經典稱為《希伯來語聖經》。

站在基督教的角度，《新約聖經》是教徒將《希伯來語聖經》所記載、人與上帝之間的契約為基礎「更新」而成的經典。「基督」在希臘語中代表的就是「救世主」，在希伯來語中則稱為「彌賽亞」。彌賽亞的出現，在《希伯來語聖經》中也幾度預言過，而那就是耶穌，也是基督教徒信仰的原點。

伊斯蘭教則認為，不管是哪一部「聖經」，都是記載了上帝啟示的經典。而在伊斯蘭教中，更是把諾亞、亞伯拉罕、摩西、耶穌等四人和闡述伊斯蘭教義的穆罕默德合稱為「五大預言者」。當然，在五人之中，穆罕默德是最偉大也是最後的預言者，只有他是唯一受到上帝囑託，而他向人們闡述的言詞則匯總成伊斯蘭教唯一的經典《古蘭經》。對於伊斯蘭教來說，聖經不過是佐證《古蘭經》正確性的經書而已。

現代知識人必備的

西洋美術史

除了經典名著，
你應該也要對西洋美術史有所了解。
雖然全盤掌握複雜的美術史並不容易，
但是只要知道流派演變的過程，
對於欣賞藝術作品絕對大有幫助。

❶ 希臘藝術的起源為埃及、小亞細亞、邁錫尼藝術，共分為古風時期、古典時期和希臘化時代等階段。從西元前10世紀左右開始，經過9世紀的發展後到達巔峰，直到羅馬征服了希臘後，延續到羅馬藝術中。

point

古典時期之後，希臘美術在人體呈現上達到美的極致，連羅馬人也模仿希臘美學。而希臘在「美」的理想型態展現也為文藝復興以後的美學帶來偌大影響，直到現在還是藝術的基準。

擲鐵餅者

古希臘雕刻家米隆的作品，雖然原作已佚失，但在羅馬的泰爾梅美術館存放著大理石製的優秀摹刻作品

米洛的維納斯

在希臘米洛斯島發現的古希臘大理石雕像，被稱為展現女性美的典範。目前收藏於羅浮宮

希臘・羅馬藝術

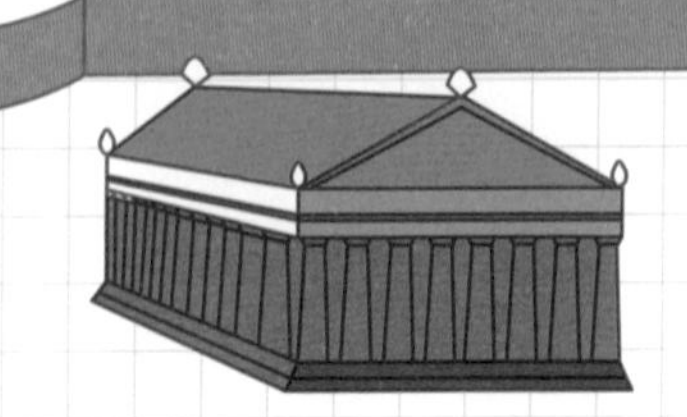

KEY WORD

早期**古風時期**的雕刻雖然採用直立不動的風格，但到了**古典時期**，轉變為展現自然律動的「**對立式平衡**」風格，**希臘化時代**則是開始強調激烈的律動。此外，古典時期還建造了**帕德嫩神殿**這般巨大雄偉的建築。

❸ 西羅馬帝國滅亡後，基督教普及歐洲全境，而以教堂建築為核心的羅馬式藝術也開始發展。隨後，法國出現了哥德式藝術，其美學不僅席捲歐洲，也發展至國際間

沙特爾主教座堂

法國哥德式藝術代表建築，經過多次重建和修復後，在13世紀中期形成目前的模樣。教堂中的雕刻和花窗玻璃都很有名

羅馬式・哥德式

point

羅馬式藝術指古代羅馬建築風格，隨著朝聖的風行，風格厚實且豪華的教堂一間接著一間建造。相較於羅馬式藝術，哥德式的出現伴隨隨著經濟發展，再加上受到都市化影響，因此風格華麗且凝鍊。

喬托・迪・邦多納

哥德式後期畫家，被譽為文藝復興先驅。藝術史上有句話說：「繪畫的歷史從喬托開始」

KEY WORD

在基督教普及歐洲全境的時代，藝術發展也以**教堂建築**、**祭壇繪畫**、**花窗玻璃**等與教堂相關的美學為核心。而哥德式時期的畫家**喬托**則被稱為文藝復興先驅。

❷ 313年，在羅馬帝國承認基督教後，為了傳遞上帝教誨的美術作品開始急速發展。後來，羅馬帝國分裂，東羅馬帝國（拜占庭帝國）遷都到君士坦丁堡，因此催生了拜占庭藝術。

Point

由於基督教禁止偶像崇拜，因此不管是人像或是建築的表現手法都變得單純、圖像化。另一方面，東羅馬帝國則流行起被稱為「聖像畫」的聖像和馬賽克壁畫。

☑ KEY WORD

在建築方面，伴隨著羅馬帝國承認基督教，教堂建築也跟著發展，出現許多以**巴西利卡**或**集中式風格**建造的華麗教堂。此外，拜占庭藝術前期風行的是**馬賽克畫**，中期開始發展**濕壁畫**。

查士丁尼一世
東羅馬帝國皇帝，在位期間是527～565年。拜占庭藝術在查士丁尼一世在位期間達到最初的黃金時期

早期基督教・拜占庭藝術

❹ 文藝復興藝術發展於義大利，以希臘古典文化為範本，採用了遠近法和解剖學等科學性手法來呈現人性。此外，在歐洲北部也誕生了使用油彩技法的北方文藝復興。而從文藝復興發展至巴洛克時期的過渡期中，則出現風格主義。

蒙娜・麗莎
以神秘微笑聞名、可說是全球最知名的繪畫作品。作者是義大利文藝復興時期藝術家、科學家的李奧納多・達・文西

拉斐爾・桑蒂
義大利文藝復興代表畫家。他曾畫了非常多的聖母系列畫作，另外梵蒂岡宮中的《雅典學院》和《帕納蘇斯山》都很知名

大衛像
舊約聖經中出現的大衛雕像。作者是義大利文藝復興畫家、雕刻家、建築家的米開朗基羅

文藝復興・風格主義

☑ KEY WORD

從14世紀末期展開的早期文藝復興時期是由建築家**布魯內萊斯基**、畫家**馬薩喬**、雕刻家**多納太羅**揭開序幕，而15世紀中葉以後的文藝復興鼎盛時期則以**李奧納多・達・文西**、**米開朗基羅**、**拉斐爾**等三位藝術家最為活躍。

Point

在文藝復興時期，除了過去的主流藝術形式如雕刻、建築之外，繪畫也開始發展。這個時期中，繪畫也是個人藝術展現，因此出現許多以希臘神話等過去視為異教徒主題的繪畫作品。

❼ 與新古典派和浪漫主義並列，寫實主義描繪了勞工和農民生活，並且發展出過去從未作為繪畫主題的風景畫。而印象派的畫家則是著重追求嶄新的色彩呈現方式，這也是未曾出現過的手法。從此開始，繪畫從「常識」的束縛解放出來，變得更為自由，也飛速發展出更多可能性的表現手法。

Point

印象派追求將自然光展現在畫布上，後來逐漸捨棄明顯的輪廓線。此外，印象派的畫風也為當時流行的日本主義（如浮世繪般的日式圖樣）帶來很大影響。

文森・梵谷

後期印象派畫家。受到印象派和浮世繪影響，創作出許多許有強烈色彩和筆觸的作品。代表作無數，包含《向日葵》系列畫作等

克洛德・莫內

法國畫家，印象派代表人物。印象派的名稱即來自他的作品《印象・日出》。《睡蓮》等系列作品特別出名

寫實主義・印象派

KEY WORD

在寫實主義和風景畫的範疇中，**庫爾貝**、**米勒**、**柯洛**等最為知名。而印象派先驅**馬奈**則是受到**雷諾瓦**、**莫內**等印象派畫家推崇。此外，18世紀末期的**塞尚**、**梵谷**、**高更**等人是**後期印象派**代表畫家，對20世紀美術也影響甚大。

❺ 16世紀末，在天主教教會主導下，以豔麗色彩表現和戲劇性畫面結構為特徵的巴洛克藝術誕生，並從義大利開始傳播到歐洲全境。到了18世紀，以法國宮廷為中心、導入陰性風格且輕快的洛可可藝術開始繁盛發展

米開朗基羅・梅里西・達・卡拉瓦喬

巴洛克代表畫家，擅長使用戲劇性的明暗效果作畫，代表作品包括《基督下葬》等。最後因為決鬥而在38歲時遭到斬首

戴珍珠耳環的少女

17世紀荷蘭代表畫家維梅爾的作品，又被稱為「荷蘭的蒙娜・麗莎」

Point

巴洛克一詞，過去在藝術界含有「歪曲的」、「奇怪的」等負面含義，但在這個時代中，則是代表戲劇性且華麗的表現手法。洛可可風格一詞原本只用於室內裝飾藝術，後來則指同時代的法國文化。

KEY WORD

在巴洛克時期，繪畫方面有**卡拉契**、**卡拉瓦喬**、**魯本斯**、**維拉斯奎茲**等代表畫家，建築和雕刻方面則以**貝尼尼**最為活躍。此外，在同時代中，**維梅爾**和**林布蘭**建構出荷蘭美術黃金時期。而**華鐸**、**布歇**、**法戈納**則並稱為洛可可時期三大畫家。

❽ 20世紀以後，藝術開始脫離傳統規範，並且出現越來越多流派。印象派以後的代表派別包括象徵主義、野獸派、立體主義、達達主義、巴黎學院、超現實主義、抽象表現主義、普普藝術等。

point

在現代美術中，建築、雕刻、繪畫等形式已然失去明顯意義，而藝術的分界線也越來越曖昧難解。藝術家馬賽爾・杜象以市售便斗作為展覽作品的《噴泉》，被視為現代美術的起點。

哭泣的女人
畢卡索作為《格爾尼卡》的習作。他以情人朵拉・瑪爾作為模特兒，畫了無數幅的「哭泣的女人」

薩爾瓦多・達利
西班牙超現實主義代表畫家。自稱「天才」，留下許多奇特事蹟和軼事

20世紀的美術

☑ KEY WORD

現代美術的時代區分包含了50年代的**抽象表現主義**、60年代以後的**觀念藝術**和**普普藝術**、80年代以後的**新表現主義**等。此外，20世紀以來，在全球活躍的日本藝術家中，除了較早的**藤田嗣治**、**岡本太郎**以外，還有當今世代的**草間彌生**、**村上隆**等人。

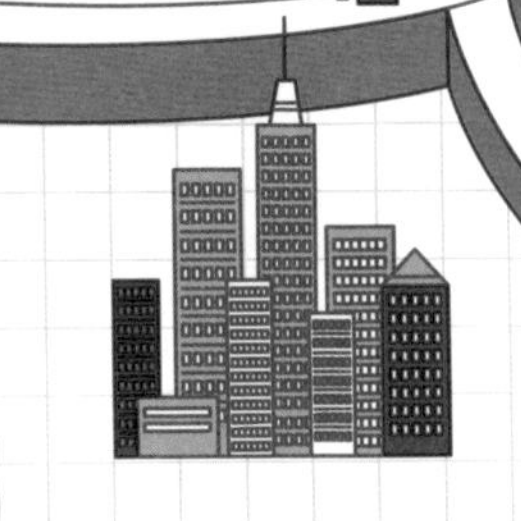

農神吞噬其子
出自哥雅《黑色繪畫》系列，以希臘、羅馬神話為題材。也有人認為哥雅是透過畫作暗喻當時西班牙的社會狀況

泉
新古典主義畫家安格爾的代表作品。他將清冽豐沛的泉水擬人化，用年輕美麗的女性姿態呈現出來

☑ KEY WORD

在新古典主義時期，繪畫方面以**達維特**和其弟子**安格爾**為首，雕刻方面則是以**卡諾瓦**最具代表性。而浪漫主義的代表畫家則有**傑利柯**和**德拉克洛瓦**。其中，傑利柯取材自真實事件的《**梅杜薩之筏**》被譽為浪漫主義里程碑之作

❻ 18世紀中葉開始，洛可可藝術最具代表性的輕巧性被揚棄，取而代之的是主張重回希臘・羅馬古典樣式的新古典主義。隨後，追求多元美學和自由性表現手法的浪漫主義，以英國、德國、法國為中心發展，再擴散至歐洲全境

point

作為洛可可藝術的反動，藝術史上出現新古典主義。接著，反對新古典主義的浪漫主義出現了。在西班牙，描繪戰爭殘酷的哥雅成為浪漫主義的先驅，英國代表畫家是特納，德國以佛列德利赫和龍格最具代表性。

column No. 12

必備基礎知識

日本藝術相關著作

風姿花傳

世阿彌
【背景】日本 【初版時間】室町時代

本書是能樂師世阿彌的作品，是日本最古老的能樂論書籍。他以將能樂集大成之父親觀阿彌的教誨為基礎，再從自己獨到觀點出發加以點評，形成這部作品。內容包括能樂的修習法、體悟、演技論、歷史、能樂之美學等。其中，他將自己過去每一個階段的修習方式寫成「年來稽古條條」，讓整部著作不只是闡述能樂的演技和表演，更提升到藝術評論的層次。

陰翳禮讚

谷崎潤一郎
【背景】日本 【初版時間】1933～1934年

文豪谷崎潤一郎之隨筆作品。在西方世界中，習慣讓房間裡的每一個角落都光線充足。但在日本，卻是從古時開始就讚賞陰翳之美，甚至認為就是需要透過陰翳，才能展現出獨特美感。作者以「陰翳才是日本之美」的觀點出發，並且從各種層面研究陰翳美學。本書在建築學界特別受到歡迎，在全球擁有許多讀者。

「粋」的構造

九鬼周造
【背景】日本 【初版時間】1930年

《「粋」的構造》是哲學家九鬼周造以日本獨特美學意識「粋」為主題寫成的著作。長期居住在歐洲的九鬼，發現自己反而被日本的美學和文化所深深吸引。因此，回到日本後，他開始深入研究「粋」的現象，並且在本書中得出「粋就是徹底放下之媚態，並以自由自在的方式存在」之結論。

圖說日本美術史

辻惟雄
【背景】日本 【初版時間】2005年

日本美術史學者辻惟雄之著作。他曾在著作《奇想之系譜》中，將岩佐又兵衛、狩野山雪、伊藤若沖、曾我蕭白等過去在美術史上並未獲得高評價的畫家稱為「充滿奇想的畫家」，重新肯定其地位。而在本書中，辻惟雄從繩文時代講述到現代的漫畫・動漫，佐以360幅的圖片，以充滿野心的方式綜觀日本美術的發展和特色。

名詞索引

作品

一～五劃

一千零一夜 …… 13
一個女人 …… 123
二十一世紀資本論 …… 156
人間失格 …… 115
八月之光 …… 70
十六夜日記 …… 122
十日談 …… 18
三四郎 …… 100
三國演義 …… 31
三劍客 …… 48
土佐日記 …… 122
大亨小傳 …… 66
大陸與海洋之起源 …… 158
小王子 …… 75
小城畸人 …… 84
小氣財神 …… 46
山月記 …… 113
不問自語 …… 122
元朝祕史 …… 165
厄舍府的沒落 …… 44
太平記 …… 94
尤里西斯 …… 63
心 …… 102
方丈記 …… 121
方法論 …… 166
日本書紀 …… 88
水滸傳 …… 30
世界大戰 …… 86
包法利夫人 …… 82
卡拉馬助夫兄弟們 …… 58
古今和歌集 …… 120
古事記 …… 88
古蘭經 …… 182
可怕的孩子 …… 83
史記 …… 164
外套 …… 45
失去了的足跡 …… 85
失敗的本質：日本軍的組織論研究 …… 146
尼伯龍根之歌 …… 14
巨人傳 …… 36
平家物語 …… 92
田園的憂鬱 …… 124
白鯨記 …… 53

六～十劃

伊戈爾遠征記 …… 35
伊利亞德 …… 10
伊底帕斯王 …… 12
再見，哥倫布 …… 85
存在與時間 …… 179
安娜・卡列尼娜 …… 56
有閒階級論 …… 138
百年孤寂 …… 80
肉體的惡魔 …… 83
自然哲學之數學原理 …… 158
艾瑪 …… 40
行人 …… 102
行銷管理 …… 142
西遊記 …… 32
別的聲音，別的房間 …… 84
君王論 …… 129
坎特伯里故事集 …… 19
形上學 …… 161
快思慢想 …… 155
更級日記 …… 122
李爾王 …… 24
沙丘之女 …… 124
亞瑟王之死 …… 34
佩德羅・巴拉莫 …… 85
咆哮山莊 …… 50
和泉式部日記 …… 122
帕爾馬修道院 …… 42
彼岸過迄 …… 102
押沙龍，押沙龍！ …… 70
枕草子 …… 121
武藏野 …… 123
社會契約論 …… 132
金色夜叉 …… 123
金閣寺 …… 116
門 …… 100
阿Q正傳 …… 62
青梅竹馬 …… 104
青樓 …… 85
哈姆雷特 …… 22
城堡 …… 60
威尼斯商人 …… 21
星際信使 …… 158
春琴抄 …… 107
查拉圖斯特拉如是說 …… 176
流動 …… 124
紅字 …… 52
紅與黑 …… 42
紅樓夢 …… 33
致死之病 …… 174
貞觀政要 …… 128
風姿花傳 …… 188
哲學研究 …… 180
唐吉軻德 …… 26
夏之門 …… 86
孫子兵法 …… 126
徒然草 …… 121
格列佛遊記 …… 28
格雷的畫像 …… 83
泰坦星的海妖 …… 86
浮士德 …… 38
浮雲 …… 96
海因利・封・歐福特丁根 …… 82
海底兩萬里 …… 86
烏托邦 …… 130
神曲 …… 16
純粹理性批判 …… 170
索拉力星 …… 86
茱麗葉，或喻邪惡的喜樂 …… 82
追憶似水年華 …… 68
馬克白 …… 25
高野聖 …… 123
高盧戰記 …… 162
高瀨舟 …… 98

十一～十五劃

國富論 …… 134
基業長青 …… 150
基督山恩仇記 …… 48
寂靜的春天 …… 158
從此以後 …… 100
異鄉人 …… 74
盛開的櫻花林下 …… 114

莫爾格街兇殺案 44
通向奴役之路 140
野火 119
陰翳禮讚 188
雪國 112
麥田捕手 84
富爸爸・窮爸爸 152
就業、利息與貨幣的一般理論 139
悲慘世界 54
惡之華 82
欽差大臣 45
童年末日 86
虛構集 85
費德爾 36
黑雨 118
傲慢與偏見 40
奧賽羅 23
新古今和歌集 120
新約聖經 182
暗夜行路 110
源氏物語 90
罪與罰 58
腦髓地獄 124
萬葉集 120
萬曆元年的足球隊 124
葉甫蓋尼・奧涅金 83
資本論 136
跳房子 85
頑童歷險記 84
圖說日本美術史 188
瑪儂・雷斯考 36
種族起源 158
管理實踐 141
「粹」的構造 188
精神現象學 172
與成功有約 148
蜻蛉日記 122
鼻子 105
齊瓦哥醫生 78
審判 60
憤世者 36
憤怒的葡萄 72
誰搬走了我的乳酪？ 154
論幸福 178
黎明前夕 108

十六～二十劃

戰地春夢 76
戰爭與和平 56
機械 124
聲音與現象 181
聲音與憤怒 70
檸檬 106
簡愛 50
舊約聖經 182
雙城記 46
雙螺旋 158
羅馬帝國衰亡史 168
羅密歐與茱麗葉 20
羅摩衍那 35
羅蘭之歌 34
競爭戰略 144
蘇格拉底的申辯 160

二十一劃以上

櫻桃園 83
鐵皮鼓 83
魔山 64
戀愛論 42
變形記 60

人物

英・數字

H・G・威爾斯 86
J.D. 沙林傑 84

一～五劃

九鬼周造 188
二葉亭四迷 06
三島由紀夫 116
凡河內躬恒 120
大江健三郎 124
大岡昇平 119
小島法師 94
中島敦 113
丹尼爾・康納曼 155
井伏鱒二 118
六條有家 120
厄尼思特・海明威 76
壬生忠岑 120
太安萬侶 88
太宰治 115
尤利烏斯・凱撒 162
戶部良一 146
世阿彌 188
加布列・賈西亞・馬奎斯 80
卡爾・馬克思 136
古斯塔夫・福樓拜 82
史考特・費茲傑羅 66
史坦尼斯勞・萊姆 86
史蒂芬・R・柯維 148
司馬遷 164
尼古拉・果戈里 45
尼可洛・馬基維利 129
弗里德里希・尼采 176
弗里德里希・海耶克 140
弗里德里希・黑格爾 172
弗朗索瓦・拉伯雷 36

六～十劃

伊曼努爾・康德 170
列夫・托爾斯泰 56
吉田兼好 121
安托萬・德・聖修伯里 75
安東・契訶夫 83
安部公房 124
寺本義也 146
托斯丹・范伯倫 138
托瑪・皮凱提 156
有島武郎 123
米格爾・德・塞凡提斯 26
艾蜜莉・勃朗特 50
伊薩克・牛頓 158
辻惟雄 188
伽利略・伽利萊 158
但丁・阿利吉耶里 16
佐藤春夫 124
君特・葛拉軾 83
吳承恩 32
吳兢 128
坂口安吾 114
尾崎紅葉 123

志賀直哉……110
杉之尾孝生……146
村井友秀……146
谷崎潤一郎……107,188
亞里斯多德……161
亞瑟・C・克拉克……86
亞當・史密斯……134
亞歷山大・仲馬……48
亞歷山大・普希金……83
和泉式部……122
尚・考克多……83
尚・雅克・盧梭……132
幸田文……124
彼得・杜拉克……141
法蘭茲・卡夫卡……60
舍伍德・安德森……84
芥川龍之介……105
阿佛尼……122
阿部・普列沃……36
阿萊霍・卡彭鐵爾……85
阿爾弗雷德・韋格納……158
阿爾貝・卡繆……74
阿蘭……178
信濃前司行長……92
威廉・莎士比亞……20,21,22,23,24,25
威廉・福克納……70
後深草院二條……122
施耐庵……30
柏拉圖……160
查爾斯・狄更斯……46
查爾斯・達爾文……158
泉鏡花……123
珍・奧斯汀……40
紀友則……120
紀貫之……120,122
約翰・史坦貝克……72
約翰・沃夫岡・馮・歌德……38
約翰・梅納德・凱因斯……139
胡安・魯佛……85
胡利奧・科塔薩爾……85
飛鳥井雅經……120
埃德加・愛倫・坡……44
夏目漱石……100,102
夏爾・波特萊爾……82
夏綠蒂・勃朗特……50
孫武……126
島崎藤村……108
納撒尼爾・霍桑……52
索倫・齊克果……174
索福克勒斯……12
馬丁・海德格……179
馬克・吐溫……84
馬里奧・巴爾加斯・尤薩……85
馬賽爾・普魯斯特……68

十一～十五劃

國木田獨步……123
寂蓮……120
寇特・馮內果……86
強納森・史威夫特……28
曹雪芹……33
梶井基次郎……106
清少納言……121
笛卡兒……166
荷馬……10
莫里哀……36
野中郁次郎……146
麥可・波特……144
傑弗里・喬叟……19
傑里・薄樂斯……150
喬凡尼・薄伽丘……18
斯湯達爾……42
斯賓賽・約翰遜……154
森鷗外……98
湯馬斯・馬洛禮……34
湯馬斯・摩爾……130
湯瑪斯・曼……64
紫式部……90
菅原孝標女……122
菲利普・科特勒……142
菲利普・羅斯……85
費奧多爾・杜斯妥也夫斯基……58
跋彌……35
雅克・德希達……181
奧斯卡・王爾德……83
愛德華・吉朋……168
楚門・卡波提……84
源通具……120
瑞秋・卡森……158
稗田阿禮……88
詹姆斯・C・柯林斯……150
詹姆斯・喬伊斯……63
詹姆斯・華生……158
路德維希・維根斯坦……180
雷蒙・哈狄格……83
夢野久作……124
維克多・雨果……54
豪爾赫・路易斯・波赫士……85
赫爾曼・梅爾維爾……53
樋口一葉……104
魯迅……62

十六劃以上

儒勒・凡爾納……86
橫光利一……124
諾瓦利斯……82
鮑里斯・巴斯特納克……78
鴨長明……121
薩德侯爵……82
鎌田伸一……146
羅伯特・A・海萊因……86
羅伯特・清崎……152
羅貫中……30,31
藤原定家……120
藤原家隆……120
藤原道綱母……122
讓・拉辛……36

監修 福田和也（ふくだ かずや）

1960年出生於東京。文藝評論家、慶應義塾大學環境情報學部教授，擁有慶應義塾大學研究所碩士學位。1993年以《日本の家郷》（新潮社）獲得三島由紀夫獎，1996年以《甘美な人生》（新潮社）獲得平林泰子文學獎，2002年以《地ひらく 石原莞爾と昭和の夢》（文藝春秋）獲得山本七平獎，2006年以《悪女の美食術》（講談社）獲得講談社隨筆獎。此外也著有《昭和天皇》（文藝春秋）、《「贅」の研究》（講談社）等諸多書籍。不僅在文壇、論壇、學術界享有聲譽，也活躍於電視、廣播、網路等各式媒體。

出　　版／楓樹林出版事業有限公司
地　　址／新北市板橋區信義路163巷3號10樓
郵政劃撥／19907596 楓書坊文化出版社
網　　址／www.maplebook.com.tw
電　　話／02-2957-6096
傳　　真／02-2957-6435
監　　修／福田和也
翻　　譯／顏理謙
責任編輯／謝宥融
內文排版／洪浩剛
港澳經銷／泛華發行代理有限公司
定　　價／380元
出版日期／2020年4月

國家圖書館出版品預行編目資料

超圖解世界名著 101 / 福田和也作；顏理謙翻譯. -- 初版. -- 新北市：楓樹林，2020.04　面；　公分

ISBN 978-957-9501-65-1（平裝）

1. 世界文學 2. 推薦書目

813　　109002066